エス

鈴木光司

角川ホラー文庫
17984

目次

プロローグ

部屋は十二畳ほどの大きさだった。壁際に設置された机の上には、栗羊羹(くりようかん)らしき直方体の黒い物体と、湯気を上げるお茶、ノートが置かれている。

　イスを引いて座り、柏田(かしわだ)は目を閉じた。

　ノートはともかく、羊羹やお茶に手を伸ばす気にはならない。甘いものは嫌いだし、日本茶を飲む習慣もなかった。人生最期のときを迎えて、お茶を飲み、菓子を食べて、満足する人間にだけはなりたくなかった。

　死を目前にして、心を無にしなければならない。かつて、一度くぐり抜けてきた試練だった。アリ地獄に墜(お)ちるようなもの……、怖くない。ただ、空しいだけだ。

……この部屋を支配する雰囲気は何だろう。

　鼻をひくひくさせて臭いを嗅(か)ぎ、目を開いたとき、ふと思いついた。

……色だ。

　この部屋を支配するものの正体は、足下から立ちのぼってくる、ふくよかな色合いだ。靴底を通して、絨毯(じゅうたん)の柔らかな感触が伝わってくるにつれ、紫のベールに視界が包まれるようだ。なぜ、絨毯の色は、紫なのか。意味があるのなら、柏田は知りたいと思う。

三途の川の先にある黄泉の国に、紫のイメージを当てはめているのだろうか。この部屋が設計され、建築され、絨毯の色が決められた際、作り手の意図が介在したはずである。なぜ、紫が選ばれたのか。紫は何の象徴なのか……。

柏田の持論……、何事においても、シンボルは重要である。

右手横の壁には、観音菩薩を模した仏画がかけられ、その手前に祭壇が設けられていた。祭壇の上に安置された阿弥陀如来像を見て、柏田は小さく舌打ちしたが、その音は、拘置所長や検事、教誨師たちの耳には届かない。

観音菩薩、阿弥陀如来……、これらもまたシンボルには違いない。

机の上に置かれたノートはどのページも白紙であり、何を書いても自由だった。絵を描こうか、それとも文章を書こうか。

柏田は、とがった鉛筆の芯を折って、命を吹き込むかのように、舌の先で舐めた。舐めて角を削り、唾液を吸って充分な柔らかさになったところで、ノートに鉛筆を当てた。

上から下へ、ゆっくりとカーブさせて、曲線を描いていった。

一匹の蛇がのたくっているようにも、絞首刑のロープがほどけたようにも見える。

遺言はあるかと訊かれ、首を縦に振って意思表示したところ与えられたノートに記したのは、巨大なローマ字のSだった。

ちょっとしたいたずらに過ぎない。この場にいる人間すべてに問いたかった。ノートに記された「S」の意味がわかるか、と。

拘置所長の佐原は、柏田のノートをのぞき込み、ほぼ同時に、腕時計に目を落とした。

……ぼちぼち、頃合いだろう。

鉛筆を握ったまま、柏田の動きは止まっていた。佐原の目に、ノートに描かれた図形は、ローマ字のSとしか見えないが、大きすぎてどこか不自然だった。あるいは、図形を描こうとして、途中で止まってしまったのか……。

佐原は、柏田の真意から興味を逸らせようと努めた。この世に残す最期の言葉が、たったひとつのローマ字だとしたら、その形に複数の意味を込めたはずである。思考の全体が、文字に抽象化されているはずである。

知りたいと思うから、苛立つのだ。好奇心を消せば、心は平安に保たれる。

逮捕され、公判が開始されて以降、十人を超える精神科医と臨床心理学者による精神鑑定が繰り返された。十年近くもの歳月をかけ、様々な角度から柏田の精神に光が当てられても、精神医学における見解の統一はついぞ為(な)されなかった。

皮肉なことに、犯行動機をあぶり出そうとすればするほど、暗闇の中に真相が迷い込んでいった観がある。それを象徴するかのように、新聞の見出しには、お決まりのフレーズが並んだ。

「心の闇は深まるばかり……」

今もなお、犯行の動機は不明のままだ。少なくとも、司法関係者の中には、身勝手に性欲を満たすためという、犯行動機を信じている者はいない。万人にわかりやすい言葉で、犯行動機をまとめなければ、精神疾患を理由に無罪となってしまう。責任能力ありと判定して、死刑へと導かねば、国民はだれひとり納得しなかっただろう。司法機関に対して、非難の嵐が吹き荒れたのは間違いなく、その流れを事前に察しての、精神鑑定結果だった。責任能力ありの判定が得られさえすれば、死刑判決が出るのは火を見るより明らかだった。

それほどまでに、柏田誠二(せいじ)は、大衆から憎まれていた。彼は、一年三か月の間に、少女四人を誘拐して殺害し、身体の一部を切除していたのだ。

ふたりの娘の父親である佐原は、現場写真を見ているだけによけい、早く終わりにしたいと願った。

被害者の家族がこの場にいたら、殺意を抱くほどの憎しみを覚えるのは間違いなかった。その感情は理解できるし、許容できる。しかし、被害者と無関係の立場にある佐原にとって、柏田に対する感情は、憎しみではなかった。人間の外見を持ちながら、心の内に魔物を飼う存在への畏怖……、恐怖の感情に近いといえる。恐怖の対象を抹殺するために、ときに人間は、相手を刃物でめった刺しにしたり、肉体をバラバラに破壊したりする傾向があることを、佐原は心得ている。だから、彼は自分に言い聞かせるのだ。冷静になれ。心を無にして、粛々と自分の仕事をこなすのが一番だ。

刑を執行すれば、理解を超えた存在の命運はつき、底無しの深淵は消滅する。

「じゃ、そろそろ」

佐原は柏田の耳許でそう囁いて、起立するように促した。

三人の刑務官が背後から近づき、両手を後ろに回され、手錠をかけられ、白い布で目隠しをされた。

両手の自由と視覚が失われた以上、すべての神経を耳に集中させるほかなかった。

空気の流れが微妙に変わったのがわかる。死刑囚に気を遣い、極力、音がしないよう配慮して、目の前にあるアコーディオンカーテンを開いたつもりなのだ。唾棄すべき、底の浅い気遣い。たとえ、白い布で両目を覆われたとしても、別の感覚器官を駆使すれば、すべてお見通しである。

背中を押され、一歩また一歩と前に出るたびに、網膜には、自分にとっての現実が、映し出されていく。その世界では紫色の斑点(はんてん)が明滅している。

足下の感触に変化がないことから、同じ厚さの絨毯が、刑壇室へと敷き詰められているのがわかる。紫の廊下が、刑場の中央へと続いているのだ。

今、部屋の中央にやって来た。どまん中。足下の床には盤石の堅さがない。

複数の人間が移動する気配があった。地下一階の刑場から、地下二階の刑壇地下室に向かって、何人かの人間が階段を降りている。下に行って、確認しようというのだ。てるてる坊主のように天井から吊(つる)される人間の姿を見ようというわけか。悪趣味もいいところだ。やつらの頭上から、小便や大便をぶちまけられたら、さぞ気持ちがいいに違いない。最高の置き土産ってやつだ。

今、左側のドアが開いた。保安課長が指示を出すと同時に、背後から忍び寄った刑務官に両足を縛られ、首にロープがかけられていった。

すみやかな行為の後、三人の刑務官がすっと離れていく気配があった。

今、立っている下にあるのは、底無しの奈落(ならく)だった。一メートル四方の床板は、油圧システムで口を開く仕組みだ。落下するのは、三メートルほどか。苦しみを感じる暇もなく、意識は失われる。痛くも痒(かゆ)くもない。

数秒後に訪れることになる死に備え、集中力を保てと、自分に言い聞かす。

隣室の壁に設置された赤いボタンが押されて通電すれば、床板は開き、この身は落ちていく。その瞬間に、すべてを賭ける。かつて一度、見事にやってのけた。同じ状況にいることを忘れてはならない。死の間際に発する念は、強烈な力を持つ。これまでの経験から、知っている。対象を絞り、精神を集中し、ただひたすら念じろ。

人間のものではない視線が、部屋の一か所から放たれていた。斜め上のほうに、観察者がいる。人間ではない。見ているのは、網膜の細胞ではなく、機械だ。おそらく、防犯カメラの類いに違いない。刑の執行はビデオカメラによって、撮影される。問題が生じた場合、対処できるように、映像を残しておこうというわけだ。

どこにある？　カメラはどこに設置されているのだ？　右か、左の、壁の隅……。

対象を絞り込め。インターフェースはそこにある。焦点を合わせろ。

焦点が合った瞬間、衝撃音と共に床板がはずれ、身体が落下した。重力からの解放……、一秒にも満たぬ時間にもかかわらず、落下は永遠に続くかと思われた。

柏田誠二の身体は、三メートルの空間を落下したところで、ウィンチが作動して速度が緩み、床上五十センチの高さで一旦止まり、反動のために数回大きく上下に揺れた。首を支点に身体が回転し始めたところで、カーテンが開き、医務官と刑務官が入ってきて、揺れる身体が支えられた。

刑務官の本庄にとって、それは力仕事だった。柏田の体重は七十キロ程度のはずだった。にもかかわらず、異様なまでの重力を、死につつある肉体が発していた。下方に働く力が、複雑に作用して、普段では有り得ない揺れ方をしていた。抑えるのに、これほどの力を要したことはなかった。

回転が止まったとき、なぜか目隠しが取れ、柏田の目が露になった。瞳孔がぐるりと上を向き、天井の一隅に視線を合わせるかのようにゆっくりと動いた。

本庄は、つられて柏田の視線を追った。そこ、階段の横の壁には、カメラがしつらえてあった。

レンズとにらめっこをするように、柏田の目は、カメラに向けられたまま、固定されている。

後ろ手に手錠をされた両手、紐で縛られた両足首。両手両足の不自由さが、断末魔の痙攣を異様なものにしていた。木の幹に張りついて、上ろうとする尺取虫の動きに似ていた。

意識が失われているにもかかわらず、身体は反射的に動き、股間部分を黒く濡らした後、約一分間、肺から息が漏れ続けた。

静寂に支配された刑壇地下室に、息が漏れる音だけが不気味に響いた。かつて生命だったものから発せられる呼吸に温かみはなく、シューシューという機械音に近かった。

やがて呼吸音も間遠になり、指先をぴくりと動かして、目に見える限りの生体反応が停止した。

五月十九日午前十時四分、連続少女誘拐殺人犯の柏田誠二死刑囚の刑が執行され、死が確認された。

現場にいる人間は、最悪の魂が消滅したのを見て、それぞれ深い感慨に浸っていた。

唯一、壁に設置されたカメラの視点のみが、心を動かすこともなく、完璧な客観性を保って、死へと移行する柏田の細胞を記録し続けた。

第一章　遠い記憶

1

総合病院の産婦人科待合室のイスに座る女性たちにそれとなく視線を巡らせ、丸山（まるやま）茜（あかね）は、ふっと息をついた。ここは残酷な場だと思う。

妊娠を告げられて喜ぶ女性もいれば、妊娠検査薬の判定が間違っていますようにと祈る女性もいるはずだった。あるいは、妊娠とは関係なく、婦人科の病気があってここに来ている患者もいる。

何科であれ、病院の待合室は、重篤の差はあれど、ある程度境遇を同じくする人間が集うものであるが、産婦人科の場合、差が激し過ぎるのだ。子どもを授かるという健康な喜びの隣に、事情を抱えた女性の苦悩があった。

かくいう茜も、高校生の頃、生理がとまったことがあって、施設長に連れられて婦人科の診察を受けたことがあった。

待合室で自分の名前を呼ばれるのを待つ間、不安は徐々に膨らんで恐怖に近い感情へと発展していった。

高校生の頃の、診察を待ったときの不安と比べれば、今の自分はよほど恵まれていると思う。

生理がとまり、つわりに似た吐き気を覚え、妊娠検査薬のチェックでも陽性反応が出た。

妊娠したのは、まず間違いなかった。診察は、曖昧な未来を確定させ、仕事の計画を練り直すためにこそ必要だった。

目下の懸案事項は、夏休みに行われる登山教室の引率である。来月の終わりから学校は夏休みに入る。いざ妊娠となれば、引率は不可能であり、先輩の教師に役を代わってもらうほかない。当然、みんな嫌がるだろう。だれにお鉢を回すのか、猫の首に鈴をつけるのは教頭の仕事だった。

今日の診察結果を最初に報告すべき相手として、茜は、教頭の禿頭を思い浮かべかけたが、「何言っているのよ」と、その顔を押し退けた。

まず報告するのは、お腹にできた赤ん坊の父である、安藤孝則に決まっている。

孝則は、病院に付き添うといってくれたが、急な仕事ができてどうしても事務所を抜け出すことができなくなってしまった。今、この瞬間、携帯電話を片手に報告を待っているはずだ。

まず孝則に連絡する、そして、早急に婚姻届を提出し、学校側に事実を告げて、今後の計画を整理する……、妊娠が確定した場合の、やるべきことの手順だった。

今年の夏は、何かと慌ただしくなりそうだった。脳裏に明滅する将来の姿は、バタバタと足音をたてるようで騒々しいことこの上ない。一方、現実の病院の待合室は、やけに静かだった。

待合室と診察室の間には壁があり、その向こう側が狭い内廊下となって、診察室が三つ並んでいた。名前を呼ばれ、内廊下に入ってイスに座れば、順番は次ということになる。

隣の女性が、読んでいた本から栞を落とし、拾おうとして身をかがめたとき、茜の耳は、妙な音をとらえた。

最初のうち、何の音なのかわからなかった。アイポッドから漏れるドラム演奏のように聞こえたが、すぐに音楽とは無関係とわかった。無機質な、何かを磨くような音。何だろう。サンドペイパーで壁でも磨いているのか。

音源はすぐ後ろの席にあり、茜は、無意識のうちに振り返っていた。

産婦人科の待合室にもかかわらず、そこに座っているのは、十歳前後の少年だった。

カリカリカリカリという音は、鉛筆の先で紙を引っ掻く音だった。

少年の指には力がこもり、その力みが、手首から二の腕、肘、肩へと伝わり、背中への微動となって表れていた。力を込めるほど、逆に、背中から生命が抜け落ちていくようで、恐ろしいほど少年の影は薄かった。

少年は、Ｂ５サイズのスケッチブックを広げ、頭を揺らしながら一心不乱に、鉛筆で絵を描いていた。

茜は、身体をひねった無理な姿勢で、スケッチブックをのぞき込もうとした。一瞥(いちべつ)しただけにもかかわらず、図柄が網膜に焼き付いてきた。細長い生き物が勢いよく目に入ってきたように感じられた。

びっくりして、茜は、少年の顔をまじまじと見た。同時に視線に気づき、少年は、スケッチブックに這(は)わせていた指を止め、そのままの姿勢で、両手をわずかに高く掲げてひねり、茜の目に絵の細部を晒(さら)した。あたかも、「見たいのなら、ほら、見せてあげるよ」と言わんばかりに……。

リアリズムとかけ離れた抽象的な絵だった。茜はすぐに心理カウンセラーがほどこす描画テストを連想した。小学校卒業間際に、彼女自身描かされたことがあったから、すぐにピンときた。

小学校の頃、記憶にとどめられないほど怖い目に遭い、登校できなくなるとすぐ、無理やりカウンセラーのところに連れて行かれて、絵を描くように指示された。与えられた題目は、「家」と「木」と「動物」だった。

家と木はすぐに描けたが、どんな動物を描くべきかまったく思いつかず、苦肉の策で宇宙人を描いたところ、カウンセラーから統合失調症の烙印を押されてしまった。

少年の描いた絵は、以前に茜が描いた絵と似ていなくもない。稚拙と精巧のアンバランスが、構図を一気に崩しかねない危険を孕んで、心の内を見事に描出している。

リンゴの木の上には渦巻き状に描かれた太陽が浮かび、だだっ広い野原に三角形の家がふたつ点在していた。のどかな草原の風景は、平面的で奥行きがない。稚拙な印象を受けるのは、構図がパースペクティブを欠いているからだ。家と木はしっかり描かれている。しかし、人間の姿はどこにもなく、代わりに、リンゴの木の根元でＳ字状に身をくねらせる蛇がいた。

絵の中心を占める蛇こそ、彼が描きたかったものに違いなかった。

蛇は自分の身体よりはるかに大きな物体を呑み込み、それによって身動きが取れなくなっていた。膨らんだ腹の外見から想像して、蛇が生物以外のものを呑んだのは明らかだ。胃の内容物に、温かみや丸み、柔らかさの類いが一切なく、内側から皮膚を破って飛び出しそうなほど、物体の四隅は鋭利に尖っている。平面的な絵の中、膨らんだ蛇の腹の部分にだけ、異様なまでの立体感があった。

胃の中にあるのは、直方体の物体のようだ。ずしりとした重量感が腹の内側から働いて全身を地面に押しつけ、蛇の動きは殺されていた。

茜は思わず息を詰めた。絵にこめられた意図が気になってならなかった。

少年の境遇と無関係ではなさそうだ。

彼は、間違いなくこの病院の入院患者だった。初夏の汗ばむ陽気の中、帽子を被（かぶ）っていることから考えて、抗がん剤治療を受けているのかもしれないと予想がついた。

何よりも茜が知りたかったのは、蛇が呑み込んでいる物の正体だった。形状からすれば、レンガ、あるいはコンクリート製のブロックといったところだが、少年の解釈はたぶん別のところにある。普通の人が予想もしないようなものを蛇の腹に仕込ませ、そこに意味を持たせている。

敢（あ）えて自分から手を延ばし、対象物を腹の中に納め、身動きが取れなくなっている蛇……。

茜は、不吉な予感を抱いた。蛇が、自分の未来を象徴しているのだとしたら、どうしよう。

絵を見せることによって、少年は、茜の現状を嘲笑（あざわら）っているように思える。

突如吐き気を催し、茜は、手の甲で口を押さえつつ目を泳がせてトイレを探した。

ほんの十数メートル先の天井から、トイレの案内標示がぶら下がっていた。もどかしいほどに遠く感じられる。胃の内容物が溢（あふ）れ出そうだった。

立ち上がろうとしたとき、押し殺した少年の笑い声が、すぐ背後から聞こえてきた。

笑い声に、丸山茜という名前がかぶさってくる。名前が呼ばれているようだ。

「丸山茜さん、丸山茜さん、三番診察室の前でお待ちください」

行動に優先順位をつけられず、茜は、待合室のイスに座ったまま、身動きが取れなくなった。

2

オープンエアの廊下に立ってドアを開けると、悪臭が部屋の外へと流れ出た。普段から嗅(か)ぎ慣れている臭いではあるが、午前の爽(さわ)やかな気分が、ドアを開けた瞬間、台無しになる。

安藤孝則は、外に顔を向けて大きくひとつ深呼吸してから、玄関に入って靴を脱いだ。

都心の一等地にあるマンションのワンルームは、プロダクションの事務所として使っているうち、業界の臭いが染み付いてしまった。部屋に散乱するビデオテープ、カメラ、編集機器、デジタル情報機器の数々……、それらから発散される臭いと、社長の米田(よねだ)が吸っていた煙草、絨毯(じゅうたん)にこぼしたコーヒーやお茶の臭いなどが混じり合った、独特の臭いが部屋に充満している。社長兼プロデューサーの米田が禁煙を始めて一週間経過しているが、煙草臭が抜ける気配はなかった。

狭い部屋の真ん中で、米田は、あぐらをかいて座り、手招きしている。

「遅かったじゃねえか。ま、ここに、座れや」

孝則は、米田の前に座った。

新しい企画を話そうとするとき、米田はいつも絨毯の上であぐらをかき、膝を揺する。小刻みな貧乏揺すりと違って、膝小僧を大きく上下させる独特の動きだった。禁煙が影響しているせいか、揺れ方がいつもと違うようだ。

孝則には、米田の口から出る言葉が予想できた。

……率直なところ、おまえの意見を、聞きたい。

徐々に大きくなっていく膝の揺れから目を逸らし、壁のカレンダーに目をやると、今日の日付のところに「大安」という楷注が見え、ひらめきを得たちょうどそのとき、携帯電話が鳴った。ディスプレイには、茜の名前が表示されている。

「すみません。ちょっと失礼」

孝則は、携帯を手に立ち上がって、玄関から外廊下に出た。

事務所内は狭く、プライバシーを保とうとすれば、外廊下に出るほかなかった。

玄関ドアの外に転げ出ると同時に、孝則は、通話ボタンを押して耳に当てた。

用件の中身もまた、予測がついた。茜の身体に起こった変化や、妊娠検査薬の陽性反応から、結果はわかりきっている。

「どうだった？」

孝則は勢い込んで、検診結果を訊いた。

「オ・メ・デ・タ、ですって」

二十四歳の女性の口から出ると、古風な言い回しに、特別なニュアンスが込められるようだ。

……よかった。

心の底から出た正直な気持ちだった。

「すぐに籍を入れよう。戸籍謄本、取りに行かなくちゃね」

「わたしも、そうする」

孝則は、今、すぐにでも会って話したい衝動に駆られた。抱き締めて、誕生したばかりの小さな鼓動を感じたかった。

「今、どこにいるの？」

茜は今、職場に向かうところだった。休みを取ったのは午前中のみで、午後には授業が入っているという。

孝則にしても、新しい企画を説明しかけた米田を待たせている立場にあった。

「今夜、ゆっくり話そう」

両者そろって仕事から解放されるのは、夕方の七時以降になりそうだった。今夜、泊まり支度の上、マンションに来ることを約束させたところで、孝則は通話ボタンを切った。

外廊下から部屋に戻るとき、またも、悪臭を意識させられた。せっかく慣れたのに、一旦外に出て空気を吸えば元の木阿弥、入退室を繰り返すたびに、悪臭は存在をアピールしてくる。

「野暮用は終わったか」

米田は、まったく同じ姿勢のまま、絨毯にあぐらをかいていた。ペットボトルのお茶が膝の前に置かれていることから、冷蔵庫を往復したのは間違いない。米田のことだから、立ち上がることなく、這ったまま移動したのだろう。その姿が目に浮かぶようだ。

「仕事への張り合いが出てきた、といったところでしょうか」

「そいつは、けっこうなこった」

孝則が正面に座ったところで、米田は、一本のUSBメモリを投げてよこした。

「じゃ、ほら、これでも食らえ」

何の変哲もない、USBメモリを拾い上げながら、孝則は訊いた。

「何ですか、これ」

「ごく短かな映像が入っている」

「どんな？」

画像が保存されていることぐらい察しはついた。孝則は映像処理を専門とするディレクターだった。

「一か月ばかり前、ある動画サイトに変な映像がアップされたのを覚えてないか」

「動画サイトにアップされる変な映像なんて、いっぱいあり過ぎですよ」

「自殺の生中継ってやつだ」

「ああ、あれね」

孝則は覚えている。五月の中旬頃のことであった。事前に予告を入れた上で、四十代の男性が、首吊（くびつ）り自殺を実行する一部始終が、パソコンのカメラで生中継されたのだ。海外では、似たような事例がいくつかあったが、日本では初めてのことであり、ネットで話題になった。

噂を聞いただけで、実際の映像を見たわけではなかった。噂にしてもすぐに消えてしまったように覚えている。その後の展開となると、孝則は詳しいことを知らなかった。

「それが、どうしたんですか」

「生中継された直後、配信は停止された」

公序良俗に反する映像がアップされた場合、サイトの管理人によって削除されるのが通例だった。首吊り自殺の生中継はあまりに生々しく、見た者に激しいショックを与えかねない。

「当然でしょうね」

「普通、こんな場合、次の展開として、どうなると思う？」

「映像をダビングした者は必ずいるでしょうから、削除されても次々とコピーがアップされて、いたちごっこが続くでしょうね」

「ところが、そうはならなかった。映像として残っているのは、唯一、それ一本のみ」

米田の言い方があまりに大仰だったため、反射的に、孝則は、USBメモリを絨毯の上に放り出していた。

「そもそも、どうしてこんなものが……、第一、本物の自殺映像だとしたら、とっくに警察が動いているはずでしょう」

「なんだ、おまえ、そんなことも知らねえのか」

動画サイトで自殺の生中継が行われたのを、一か月ばかり前、小耳に挟んだのは確かだ。しかし、噂は長く続かなかった。すぐ立ち消えになったように覚えている。

「映像が偽物だったとか……」

「ネット上で問題になり、ある程度の情報が警察にもたらされたんだが、自殺者の住所、氏名がどうやっても特定できなかった。当然、死体だって、発見されてはいない……、今もな」

「やっぱり、フェイクだったってわけですね。そう判断して、警察は手を引いたんでしょう。くだらない茶番に付き合っているほど、警察も暇じゃないでしょうから」

プロ用の機器がなくても、映像に細工を施すくらい簡単にできてしまう。サイト上に次々と刺激的な映像がアップされている昨今、マニアのいたずらと判明すれば、自殺が実況中継された映像など、すぐに忘れ去られるものだ。

しかし、だとしたら、なぜ今更、こんなものが話題に上るのか、米田の意図が見えなかった。

孝則は、もう一度USBメモリを手に取り、訊いた。

「で、こいつを、どうしろと」

「夏の特番で使いたい」

米田が社長を務めるCG制作プロダクション、スタジオ・オズが、「夏の特番」と言った場合、該当する番組は、在京キィ局地上波のKTSテレビ・二時間枠のみだ。

「何言ってんですか。無理に決まっているでしょ。動画サイトで削除された映像を、民放の地上波で流せるわけがない」

「もとい。言い間違えた。夏の特番で使えるかどうか、見極めてほしい」

「米田さん、もう見たんですか」

「見た」

そう言いながら、米田は顔をしかめた。

「で、使えそうなんですか」

「おまえが言う通り、映像をそのまま流すのは無理だ。しかし、こいつを原画として うまく処理すれば、本物の首吊り自殺と見紛う迫真のＣＧ画像ができる。顔を変えれ ば、肖像権の問題はクリアできる。それ以前に、おれは、こんなもんが作られた背景 に興味があるんだな。だれが、どんな目的で作ったのか、その経緯をエピソードとし て盛り込める可能性も捨てきれない」

スタジオ・オズのような弱小プロダクションにとって、特番の二時間枠はおいしい 仕事である。うまく絡みたいと願うのは当然だった。ＣＧ制作の一部にでも参入でき れば、苦しい台所事情も少しは改善できるというものだ。

少ないながらもギャラを得ている以上、孝則は、財政改善に貢献せざるを得ない。

「わかりました。とりあえず、見てみますよ」

孝則は、ＵＳＢメモリをつまみ上げ、バッグの内ポケットに入れた。

3

スタジオ・オズの事務所から自宅まで、歩ける距離にあった。歩かないとなれば、タクシーを使うほかなく、どちらにするかは気分次第である。

のんびり街並を眺めながら日差しを受け、初夏の雰囲気に浸りながら歩こうと決め、歩道に一歩足を踏み出したところで、小さくクラクションの音がし、振り向くと、空車のタクシーがスピードを落として近づいてくるのが見えた。あたかも「拾ってくれ」と催促するような近づき方だった。

孝則は、反射的に手を挙げてタクシーを停めていた。歩こうとしていたのに、なぜタクシーを停めてしまったのか、不思議だった。

……まあ、いいか。時間の節約になる。

リアシートに乗り込んで、だれもが知っているマンションの名を告げた。

「へえ、お客さん、そこに、住んでるの」

タクシーの運転手に訊かれ、「ああ、またか」と小さく舌打ちした。タクシーに乗って、マンション名を言うたび、「住んでいるのか」と訊かれ、住んでいると答えれば、さらに「金持ちだね」「仕事は何しているの」と追い討ちをかけられる。ジーンズにTシャツといったラフな服装が多く、孝則からは金のありそうな匂いが漂ってこない。

「いえ、知り合いを訪ねるだけですよ」

孝則は適当にはぐらかして、会話を切り上げようとした。

不釣り合いと見えれば、人は、根掘り葉掘り訊こうとする。場違いなものには大きく反応する一方で、見ただけで納得できる金持ちそうな種族には、無反応なのだ。

孝則は、二十八歳という実年齢より下に見られることが多い。大人っぽく見えないことの証しであり、喜ぶべきことではなかった。身に纏う育ちのよさ、ナイーブな雰囲気とは裏腹に、孝則は、常日頃から大人の男になりたいと思っていた。

だから、タクシードライバーに言ってやりたかった。来年には自分の子どもが生まれてくることを……。

ステディな恋人が、妊娠してくれたのは、心の底から歓迎すべき事態だった。妻と子どもの存在を引き受けることにより、ほどよい責任感が生まれ、大人への階段を一歩登ることができそうだ。

早急に籍を入れ、晴れて一緒に住み始めることに何の躊躇もない。茜の妊娠は、先延ばしにしてきた結婚に向け、一歩を踏み出す大きな力だった。

問題は、いわゆるデキちゃった婚に、両親がどう反応するかである。反対される恐れがないと簡単に予測がつくだけに、孝則は、彼らのリアクションに、高みの見物を決め込むことができる。

　これまで、何をやろうとしても、両親からストップがかかることはなく、すべて自分で決めることができた。なぜだろうと不思議に思うほど、両親は自由意思を尊重してくれたのだ。将来の進路を決めるべき高校生の頃から、他の家庭とは異なっていると意識させられ、疑問はいやがうえにも増した。

　両親の態度は愛情の希薄さとは真逆のものであり、大切にされてきたという手応えはありあまるほど得ている。その点を孝則は疑ったことがない。しかし、自分を扱う両親の態度にはどこか遠慮が見られる。腫れ物に触るようなニュアンスが漂っていると、実感させられることがたびたびあった。

　高校一年時、文系理系を決めるときもそうだった。成績もそこそこよく、合格範囲内にあったにもかかわらず、両親は医学部進学をごり押ししようとはしなかった。母の実家が経営していた個人総合病院を、大学病院の講師だった父が継ぎ、現在理事長におさまっている。医師の跡継ぎが欲しいとわかりきっているにもかかわらず、母の口から出たのは、先回りして相手の気持ちを慮るような、弱気な一言だった。

「ううん。あなたにその気がないなら、別にいいのよ」

　こうして孝則は、芸術大学に進学してデッサンと映像処理を学び、卒業後は小さなプロダクションに所属して映画監督への道を目指すことになった。

何でも自由に決められるというパターンが、四歳下の妹に当てはまるかといえば、そうではなく、妹のほうは医学部に入るべく尻(しり)を叩(たた)かれ続け、現在は医大生となっている。この差がどこから出るのか、孝則は不思議でならない。見捨てられているのでもなければ、デキが悪いと諦(あきら)められているわけでもない。にもかかわらず……。

「着きましたよ」

運転手に言われて顔を上げると、見慣れた車寄せがあった。都内でも有数のタワーマンションのエントランスは、ホテルのような豪華さを誇る。孝則の稼ぎではとても住めるところではない。両親が所有するいくつかの物件から、仕事場に近いという理由で選んだというだけだ。

代金を払ってタクシーを降り、オートロックの玄関を抜け、エレベーターで十二階に上がった。西向きの１２１４号室が、孝則が住む部屋である。

六十五平米の１ＬＤＫで、一人暮らしには贅沢(ぜいたく)過ぎる造りだった。結婚して、子どもが生まれてからも、しばらくはここで生活しようと思う。いざとなれば、２ＤＫにリフォームするのも可能だ。両親は、都心部にもっと大きなマンションを所有していたが、孝則は、ここが気に入っていた。一日の終わり、広めのバルコニーから見える夕日が、心を落ち着かせてくれるのだ。

西向きの窓から日が差し始めるには、まだ充分時間があった。明るいうちに片付けてしまおうと、孝則は、リビングルームの片隅にしつらえたパソコンの電源を入れ、コーヒーメーカーをセットした。

なぜ、暗くなる前に米田から頼まれた仕事を終えたいのか、はっきりした理由があるわけではない。ただ、夜になってたったひとりでこの映像を見たくないという、漠然とした怯え(おび)があった。スタジオ・オズの事務所で映像分析を試みたほうがよかったかもしれないが、事務所は、狭い上に来客が多く、気が散ってならない。

孝則は、不気味な臭いが漂うUSBメモリをバッグの内ポケットから取り出し、テーブルの上に載せた。

何の変哲もない小さなプラスチック製容器の中に、保存されているのは自殺画像だという。茜の妊娠を知らされたばかりのせいで、孝則は、不吉な予感を覚えるのだ。誕生したばかりの命と、自らの手で断ち切った命……、身近なところに両者混在する現象が、嫌な気分にさせてくる。

正体不明の四十代男性の首吊り(くびつ)自殺が中継された画像が本物かどうか、まず見極める必要があった。該当する死体が発見されていないことから判断して、たちの悪いいたずらだろうと見当はつく。昨今、ちょっとした器材さえあれば、素人(しろうと)でも本物と見(み)

紛う映像が簡単に作れてしまう。

単なるいたずらであってほしいと念じつつ、孝則は、パソコン横に置いたコーヒーに口をつけ、モニターに画像を立ち上げた。

画面に映し出されたのは、ワンルームマンションの一室だった。孝則の部屋と比べてグレードが格段に落ちる小さな部屋で、ところどころ壁紙が剝がれ落ち、全体的に薄汚れている。

最初のうち、画面に映るのは、部屋の様子ばかりだった。玄関ドアを開けて外廊下の様子がちらりと映り、ドアが閉まってカメラは部屋の中に戻り、一瞬、外の風景がよぎるというふうで、人物がどこにも出てこないのだ。

映像は、パソコンに内蔵されたカメラによって撮影されているわけではなさそうだ。ある人間が、手にビデオカメラを構え、撮影しながら部屋の中をうろうろしているため、映像が揺れている。眺めているうち、孝則は、船酔いに似た、気持ち悪さを覚えた。

男は、机の上にカメラを固定して、配線を繫げようとしているらしい。シャツのボタンがひとつはずれていて、隙間から男の胸から腹の一部がのぞいている。色艶のない、疲れた肌に、ほくろがひとつ浮き出て、黒い養分を吸って一際長く伸びた体毛に覆われていた。ほくろや染みがわかるほど、レンズは男の胸に接近していた。

やがて、男は、焦点を確認しながら、後ろ向きになって徐々に離れていった。カメラに正面を向け、ゆっくりと後じさりするうち、男の腰から下、胸から上が、視界に入ってくる。

顎（あご）が見えたところで、男はなぜか前に進んで、もう一度レンズの位置を変えようとした。さっき確認したばかりのほくろが、狙ったかのようにモニターの中心に迫った。圧迫感に襲われ、孝則は上体を反らして顔をモニターから離した。むんむんと男の体臭が臭い出るほどのリアリティがあり、思わず心の中で叫んでいた。

……これが作り物であるはずがない。

孝則は、確信した。カメラのレンズと、パソコンのモニターを通して、目の前にいるのは、まちがいなく生身の人間である。

男はくるりと振り返り、前向きになって、設置されたビデオカメラから遠ざかっていった。シャツの丈は短く、コットンパンツとの隙間から肌の横線が見え、その下に下着のゴムが平行して走っていた。長袖（ながそで）シャツを肘（ひじ）のあたりまでたくし上げ、ごつい両手の平を握ったり開いたりしている。

カメラに背中を向けたまま、男は、部屋の中央に置かれたイスの上に片足をかけ、身体を引き上げた。この時点でモニターに映っているのは、背中、腰、太股（ふともも）から踵（かかと）までである。コットンパンツもたくし上げられているせいで、アキレス腱（けん）があらわに浮き上がっていた。

微妙な揺れが、踵から上に伝わり、尻から背中へと昇っていくようだった。丸型の回転イスのため、バランスを取るのが難しいらしい。

男は両手を万歳させている。肩から上が視界の外にあるため、何をやっているかは不明だが、自殺画像という事前情報があるために、首にロープを巻いているのではないかと想像がつく。

男が悪戦苦闘する様が、身体各部の震えとなって伝わってくる。イスが左右に回転しているにもかかわらず、当然起こるべきイスの軋み音がしないことに、孝則は初めて気づいた。

本来なら、カメラを前にして遺書めいた言葉を吐くはずなのに、この世を去るにあたって言いたいことが何もないのか、映像からは、一切の音が消されていた。

無音の中で、男の両手がだらりと腰のあたりにまで降りてきた。首尾よくロープを首に巻き終わったに違いない。とすれば、あとはイスを蹴って、落ちるだけだ。

男は、両足の爪先を器用に操り、バレリーナに似た動きでイスを左向きに回転させ、自分の身体がカメラに対して正面を向いたところで止めた。

さきほどの力強さはなかったが、両手の平が、弱々しく、閉じたり開いたりしていた。そのせいで、孝則の視線はどうしても手に集中してしまう。男は、手に、何も持っていなかった。

不意に、イスが前に蹴り倒されたかと思うと、男の足、腿（もも）、腰、腹、胸、肩、首、顔、頭の順に、身体がモニター中央を縦によぎって下方へと消え、一拍置いた後、今度は天井方向から、爪先、膝（ひざ）、腰、腹、胸の順に落ち、落下の反動で一瞬上に引っぱられ、床上三十センチ程度のところで止まり、ぐるんと右方向に回転を始めた。

胸から上は相変わらず視界の上に隠れ、最初から最後まで、男の顔は明らかにならない。

数分間というもの、男の身体は、ゆったりと左右に回転して、大きな変化はなかった。だらしなく天井からぶら下がっているだけだ。

わずかな異変も見逃さないよう注視していると、手足の先に起こる痙攣（けいれん）の様子が目に入り、左に振れた腰が右に振れ戻されるたび、股間（こかん）にできた黒い染みが徐々に大きくなっていくのがわかった。

天井からつり下げられた顔の見えない身体の周囲で時間がゆったりと流れていた。この現象に意味を与えるとしたら、唯一、生体反応が消えていく過程の記録という解釈が浮かぶ。死は、過渡的な現象であって、一瞬の変化ではない。もし音声が生きていれば、男の喉（のど）から漏れる息が、低くなり、間隔が延びていくことに気付くだろう。空気は吸われることなく、ただひたすら吐き続けられる。やがて呼吸は途絶え、心臓も動かなくなる。

孝則は、男の身体内部で生じた変化をイメージすることができた。呼吸停止を想像すると、胸が苦しくなる。つられて、自らの息を止めていたからだ。一時たりとも、ディスプレイから目を離すことができなかった。後ろから首根っこを押さえ付けられ、視線が画面に吸い寄せられていた。

孝則は、わずかに上昇していく気配を見逃さなかった。男の、シャツの隙間から滲み出て、天井に向けて蒸気のような靄が上がっている。失禁した尿の蒸発なのか、それとも目の錯覚なのか。男の全身を包む薄桃色の雲が、足先から徐々に上がって、今、首筋のあたりに塊となっていた。視界の外にあって見えないが、雲の塊は顔を包んでさらに上昇していくようだった。

眺めているうち、孝則は魂の実在を信じる側に回っていた。畏怖の念、驚き、荘厳が渾然一体となり、いつの間にか映像が終わっていたことに、気づかなかった。

孝則は、弾かれたようにイスから立ち上がり、窓辺に近寄ってサッシを開き、外の空気を思いっきり吸い込んだ。

全身から噴き出た冷たい汗で、Tシャツはぐっしょりと濡れていた。

4

バスを降りると、百メートルばかり先に校門が見えた。教師になってようやく一年が過ぎたけれど、まだこの距離が長く感じられる。校門が近づくにつれ、気が重くなっていくのだ。いつになったら慣れるのだろうかと、茜は、自分の腑甲斐無さが嫌になる。

社会に出て思い知らされたのは、高校大学時代の成績と、教師としての資質は、まったく別物であるという事実だった。恩師や先輩たちから、ことあるごとに言われてきた。

「あなたなら、きっといい先生になるわよ」

しかし、現実はそんなに甘くなかった。十七歳になるかならないかの小娘たちに、いいように翻弄され、彼女たちの心を掌握することができないでいた。日々、失われていく自信を取り戻す方法がわからないのだ。

普段の朝ならば、バス停から校門までの道は、三々五々登校する女子生徒たちで埋め尽くされている。挨拶されるたび、茜は、なるべく明るく笑いかけようとするが、ちょっとした不安や苛立ちが隠し切れず表情にあらわれると、「今日の先生、ちょっと変じゃない」とこれみよがしに、生徒たちはひそひそ話を始める。ひとりひとり単独で接すれば、みな素直でかわいい生徒ばかりだ。しかし、群れを成したとたん、人数の足し算をはるかに超えた力を持つ。それが女子校の怖さでもあった。

もし今が朝の登校時間で、周囲に生徒たちの群れがあったら、妊娠した事実など一瞬で見破られてしまうのではないかと、茜は、不安気な視線を周囲に巡らせた。

路上に人影はない。

正午十分前という時間でよかったと、茜はほっと胸を撫でおろす。この時刻、バス停から校門までの道に、生徒や教師の姿はなかった。午前の授業を休んで病院で診察を受け、学校に着くのが遅れたせいだ。

バス停から校門までの道程に出没する、もうひとりの難敵の姿も視界に入ってこなかった。

毎朝、この道を悠々とかっ歩して茜を追い抜き、校則違反の生徒を見つけては、締め上げるのが、タイゼンこと大橋善子先生であった。やれ髪の束ね方が悪い、やれ靴下の色が違う……、指摘は細かく、観察眼の鋭さはあきれるばかりで、生徒たちは身を小さくしてタイゼンの監視から逃げまどう。

一日の始まりである朝、校則違反など放って、もっと明るくにこやかに接すれば両者とも気持ちがいいのにと、茜は思う。校外にもかかわらず、なぜバスを降りたとたん、職務に忠実になってしまうのか、理解できない。

教師である茜も、うかうかしていると、タイゼンのターゲットになりかねない。校則違反の生徒をうっかり見逃したりすると、矛先はまっすぐ茜に向かってくる。

「だめじゃない。校則違反の生徒を見つけたら、ちゃんと注意しなきゃ」

大先輩にそうアドバイスされれば、茜は「はい」と頭を下げざるを得なかった。しかし、だからといって、校則違反の生徒を厳しくとっちめることもできず、板挟みになって縮こまるばかりだ。

学校という小さなコミュニティにあって、強弱関係は明らかだった。生徒になめられて下位に甘んじる茜と、恐れられて上位に君臨するタイゼン……。

いつもと違う風景の中、歩くほどに気が重くなるのは、妊娠した事実を学校側にどう報告するべきか、迷いがあったからだ。

教師になってようやく二年目で、担任を持っていなかったのは幸いとしても、副担任やクラブの副顧問、夏の登山教室の引率など、校務に変更が強いられるのは明らかだ。来年二月末が出産の予定日で、産前産後の二か月、合計四か月が産休となる。今年の冬休みから来年の新学期までが休みになる勘定だ。茜の出産を考慮に入れた上で、学校側は年間の予定を立てざるを得なくなる。妊娠の事実はいずれ報告しなければならない。

問題は、順番とタイミングだった。学校側に知らせる事項の、順番を間違えてはならない。

まず早急に入籍し、しかる後、学校側に入籍と妊娠の事実を告げるべきか……、いや、同時ではなく、入籍を告げた後、ワンテンポ置いて、妊娠の事実を知らせたほうがいい……。

教師はみな大人であり、阿吽の呼吸ですべて呑み込んでくれるけれど、女子生徒となるとそうはいかなかった。入籍の日から出産日までの日数を計算し、婚前に妊娠した事実を突き止める生徒が必ずひとりはいて、発見するや鬼の首でも取ったように、学校中に触れ回る。

「ねえ、聞いて聞いて。知ってる？」

真実が知れ渡るのに、半日もかからないだろう。

今日のところは、何も言わないでおこうと、茜は心に決めた。主任には、身体の調子が悪くて病院に寄るとだけ伝えておいたが、風邪と偽り、結果についてはまだ伏せておいたほうがいい。今晩、孝則とじっくり話し合い、今後のプランを明確にした上でなければ、迂闊なことは何も言えなかった。

問題の先送り……。

今日一日、取るべき態度を明確にした上で、茜は校内に足を踏み入れた。

人間が五感を通して得る様々な情報は、動くにつれて変化する。頬を撫でる風の感触、通り過ぎる車のエンジン音、遠くの高架を通過する電車の車両などは、触覚、聴覚、視覚によって意識領域に上がってくる。

そのとき、茜を襲った小さな変化は、臭覚に関するものであったが、最初のうちはまったく気づかなかった。

目に見えない境界を超えたように思えた。耳の奥に甲高い金属音が響いて、視界がぐにゃりと歪(ゆが)んだ。蟬が鳴くにはまだ早い季節である。ここ二、三日雨は降っていなかったが、三十度近い空気に含まれた水分が、ねっとりと首筋に絡みついてきた。立っていられず、茜は、その場にストンと腰を沈め、両手の先を地面につけて身を支えた。

病院の待合室でもつわりの症状が出たが、今回、原因はそれだけではない。十年以上前の恐怖体験に遠因があった。記憶を喚起させたのは臭いだ。

茜は、目だけを動かして源を探った。すぐ横に、掘り起こされたばかりの花壇があった。土の表面が耕されて、新しく花の苗が植えられている。鼻孔をつくのは、むせかえるほどの土の臭い。盛られた土から這(は)い出たミミズが、臭いに独特のスパイスを利かせていた。

思わず目を閉じてもまだ、空に向かって伸び上がろうとするミミズが網膜にのたうっていた。鼓動は激しく、視界が徐々に狭くなりつつあった。病院の待合室にいた少年が描いた蛇を連想し、額から冷たい汗が滴り落ちた。

茜は、手を口に当て、喉（のど）の奥から込み上げてくる吐き気に耐えた。

地面に伸びる茜の影に、一段と大きな人影が背後から迫り、ふたつが重なった。

「だいじょうぶですか」

男の声に反応して、茜は振り返った。目の前に、泥だらけのゴム手袋をはめた手が垂れ下がっていた。片方の手にはスコップが、もう片方の手には束ねられた花の苗が握られている。

前屈（まえかが）みのまま視線だけを上げていくと、逆光の中に黒くのっぺりとした男の顔が浮かんでいた。

気を失いかけるとき、世界はシャットダウンするように感じる。見慣れた校舎の屋上から一階へ、レースの緞帳（どんちょう）が下りて、視界が急激に狭くなる。

意識が闇に包まれるにつれ、遠い記憶の中に封印されていた映像が、逆に、浮上してきた。似たようなシチュエーションをかつて一度、経験したことがある。大地に倒れ込もうとする自分の姿が客観的に眺められた。抱き起こそうとする男がそばにいるのだが、暗闇のせいで黒くぼやけ、顔がわからない。

「だいじょうぶだ。もう、だいじょうぶ」

あのときも、男は、そう囁いた。記憶は斑模様をなし、遠くへ追いやろうとするほど、反動で近寄ってくる。

茜が倒れていたのは、山の斜面だった。雑草の隙間からは、湿った腐葉土がのぞいていた。

今、身体を心配してくれているのは、学校に出入りする庭師であり、心のどこかでは、無害であるとわかっている。しかし、薄れゆく意識は、庭師の顔の先に、十年以上も昔に出会った男の面影を見ていた。現実と同様の生々しさをもって迫ってくる、黒く、表情のない顔があった。

「だいじょうぶ」と言う声を信じてはいけない。言葉とは裏腹に、遠い昔、声の主に殺されかけたのだ。

「おねがい、やめて」

力なく囁いた後、茜は、ゴム手袋をした手をふり払い、地面にへたり込んでいった。

5

地下にある駐輪場に降りて、孝則は、ここしばらく使っていなかった自転車を引っぱり出してきた。一か月ばかり前、歩行者と接触してトラブルを起こして以来、乗る気が失せていたが、これからスタジオ・オズの事務所を往復するとなれば、自転車を使うのが一番だ。茜がやって来るのは七時過ぎと見当をつけていた。その前には用を済ませて帰宅している必要があった。自転車なら、事務所まで五分もかからない。

バッグも何もなく、USBメモリをジーンズのポケットに突っ込んだだけの軽装で、孝則は自転車をこいで坂道を上った。

ちょっとした段差に車輪が跳ねるたび、脳内にこびりついた映像の断片が躍った。一回、ざっと見ただけで、いかにも不自然という印象を持った。不気味さはいうに及ばず、頭の中には無数の疑問が蠢いている。

自殺者の男からは、CG等の作り物ではあり得ない肉体の匂いが漂っていた。間違いなく、現実の映像である。しかし、イスを前に蹴り倒した後の、身体の落下運動は不自然極まりなかった。

イスを蹴り倒したとして、男の身体が落下するのはほんの数十センチのはずである。ところが、男の身体は床が抜けたかのように落下し、一瞬後、今度は天井を突き破って上から落ちてきたのだ。一度床下に落下した身体が、天井を通り抜けて落ちてくることなど、現実に有り得るわけがない。しかも、男は、まるで見計らったように、首から上が見えない位置で落下を停止させた。

顔を隠そうとする意図が見え隠れするのだ。男の顔が確認できたのはほんの一瞬だった。落下して、画面中央を縦に通過するときのみ顔が映った。しかし、白い布で目の部分が覆われていて、顔全体の表情が不明である。

　孝則は、画面を上から下によぎる男の顔をコマ送りして、じっくりと観察した。何度か繰り返して見るうち、嫌な感覚に襲われてきた。どこかで一度、この男と会っているような気がしたのだ。映像や写真で見たのではなく、実際に会った人物のように感じられた。

　男の肉体は本物で、動きは作りもの……、一体、だれが何の目的で、こんな奇妙な映像を作ったのか。それ以前に、孝則の疑問は、現実的なポイントに向かった。自殺の中継画像を分析したり、加工を施したりしたところで、ほとんど仕事にはならないと思うのだ。

　CG画像の制作は、もっと夢のある仕事だった。現実には有り得ない映像を作り、CMに使ったり、アニメに使ったりして、表現の幅を広げるのが本来の役割である。気味の悪い自殺画像など、いくら加工したところで、テレビの二時間枠で使うべき用途はないはずだ。使えるとしたら、唯一、ホラー映画のワンシーンぐらいだろう。あるいは、スタジオ・オズは、ホラー映画の制作に関わろうとしているのだろうか。可能性は捨てきれないが、同じスタジオにいて、そのような情報の一片にも触れたことがなかった。

今、孝則が坂道に自転車を走らせているのは、USBメモリを渡してきた米田の本心を知りたい一心からだった。

植え込みの前に自転車を置いて施錠し、孝則はオートロックのロビーを抜けた。今日、二度目の出社だった。エレベーターで四階に上がって外廊下を歩き、いつも通り、ノックをしないで、ドアを開けた。インターホンで通知してあるため、カギは解除されているはずだ。

面倒くさがり屋の米田は、一旦仕事を始めると、束の間も手を休めるのを嫌った。ノックなんてする間があったら、さっさと入ってこいという理屈である。

孝則は、特別に鋭い嗅覚の持ち主ではなかったが、この程度の変化なら簡単に嗅ぎわけられた。数時間前、オフィスを辞したときにはなかった匂いが、玄関に漂っていた。

煙草やカビ、脱ぎ散らかした靴などの悪臭とは一線を画す、なまめかしさのある残り香……。

もっとも単純に解釈すれば、直前に、来客があったということになるのだろうが、スタジオ・オズのオフィスにフェロモンたっぷりの匂いを残す女性が訪れたことはなく、どうやっても想像がつかないのだ。唯一の女性スタッフ、西島果菜子は、まるで化粧っ気がなく、化粧水の匂いとさえ無縁だった。

玄関先に女性用の靴はなく、来訪者があったとしても、既に帰っているのは間違いない。

部屋の中央で米田はあぐらをかいて座り、絨毯の上にカードを並べていた。米田がカード遊びをする姿を見るなんて初めてである。

「おやおや、ひとりでトランプゲームですか」

孝則は、米田と向かい合う位置に腰を下ろし、あぐらをかいた。

「ばか。見てわからないのか。タロット占いだよ」

さらに違和感を持った。米田は、占いが嫌いなはずである。

「当たるんですか、そんなもの」

占いの愚かさを吹聴され続けてきた孝則は、皮肉と軽蔑を込めて、タロットカードに視線を落とした。米田は我関せずといったふうに、夢中でカードをめくっている。

タロット占いの初歩、大アルカナカードのみを使う方法で、シャッフルされて裏向きになったカードから数枚を選んで絨毯の上に並べていた。

タロットカード占いは、並べられたカードの絵柄からストーリーを読み取らなければならない。まず何を占うのか、具体的にイメージした上で、めくられたカードの絵から意味を感じ取るのである。唯一絶対の解釈があるわけではなく、ストーリーは占おうとする人間の感性、恣意性に委ねられる。

「何を占ってるんですか」

「タロット占いとくれば……、恋愛に決まっているだろ」

まったく女っ気がなく、占い嫌いの米田が、タロットカードで恋愛占い……、孝則は、絶句した後、声を上げて笑った。

「だいじょうぶですか、頭。なにしろ、この蒸し暑さですから」

「笑いたければ笑え。おれだって、いい女ともう一花咲かせたいんだ。悪いか」

嘲笑（ちょうしょう）をものともせず、並べられたカードから意味を読み取ろうとしていた米田は、期待した通りにストーリーが組み立てられないらしく、「思うようにいかないねえ」と苛立（いらだ）ち、途中で投げ出してシャッフルしてしまった。

そして、まだ笑い止まない孝則を見上げて恨めしそうに言う。

「今度はおまえの番だ。やってみろよ」

タロット占いは、孝則にとって未体験だった。

「やり方、知らないですよ」

「三枚引いて、三角に並べてごらん。上下で意味が変わってくるから、その点、注意するんだ」

大アルカナカードには様々な並べ方があり、そのひとつひとつはスプレッドと呼ばれる。米田の指示が、正式な形式にのっとったものであるかどうか怪しいところだが、言われた通り、孝則は、充分にシャッフルされたカードから三枚引いて、ピラミッド形に並べた。伏せられたカードの下に、どんな図柄が潜んでいるのか、まだわからない。

孝則は、顔を上げて指示を待った。米田は、「タロット占い入門」という小冊子と、カードを交互に見やりながら、言った。

「占う内容を、具体的に思い浮かべるんだ。過去でもいいし、未来でもいい。今、手掛けている仕事の出来に関することでもいい。いいか、明瞭にイメージできたら、三角形の頂点から、左回りで表に返していけや」

占う中身をイメージできないまま、孝則は、頂点に位置するカードを表にした。現れたのは、頭に冠を頂き、白いベールを被ってイスに座る女性の図柄だった。

「ほう、女教皇か。おまえからは逆位置だ」

カードを確認した米田は、小冊子を開いて、絵に込められた意味を読み上げた。

「聖職に就く女性の中ではもっとも高位にある。両手に抱える書物のページが、見る者の側に開かれていることから、知識や学問を授けようとする態度がうかがえる。正位置での意味は、『知識、学問、聡明』。逆位置での意味は『残酷、ヒステリー、身勝手』など。さ、もう一枚引いて」

孝則は、左下のカードを表にした。出たのは、二本の木にさし渡されたバーに片足を結ばれ、逆さに吊り下げられた男の図柄だった。

米田はすぐに解説を始めた。

「カード名は『吊された男』。『死刑囚』と呼ばれることもある。鳥居の形をした木に左足を括りつけられ、男は逆さに吊されている。頭の下には深い谷があり、極めて困難な状況にあるにもかかわらず、男の顔には不敵な笑みが浮かんでいる。あたかも、自ら進んでこの状況を受け入れたかのようである。この刑罰は、一種のイニシエーションであり、克服した後は、さらなる高みに昇ることができると、暗示している。正位置での意味は、『自己犠牲、試練、忍耐』。逆位置で『無意味な犠牲、欲望に負ける』などである」

米田の解説を聞きながら、孝則の意識は絵のほうに吸い寄せられていった。

正位置における「吊された男」は、逆さ吊りにされているが、カードは、孝則から見て逆位置にあるため、男は逆さではなく、片足を曲げて直立している姿勢と見える。男の動きは、まさにイスを蹴って、首吊り自殺を実行する直前の格好とそっくりであり、孝則は、思わず、「え」と声を漏らしていた。

突如顔色を変えた孝則を見て、米田は、したり顔で肘をつつく。

「ほほう。思い当たるところでもあるんだな」

孝則は、米田の鈍感に感じ入りながら、顔をまじまじとのぞき込んだ。

今、孝則がこの場にいるのは、なぜ首吊り実況中継画像の分析をしなければならないのか、その理由を知りたいがためである。指示したのは米田本人だった。忘れてしまったのかと、文句を言いかけて、言葉を呑み込んだ。自分の位置からは、自殺する直前の図柄のように見えるが、米田の位置からは男が片足を折って逆立ちしている姿にしか見えず、首吊り自殺の連想には繋がらないかもしれないと思い至ったからだ。

「さあ、ラストの一枚だ。自分の過去にケリをつけろ」

……自分の過去。

言われて初めて、孝則は、占う内容を決めていなかったことに気づいた。

……過去、おれは自分の過去を占おうとしていたのか。

腑に落ちるところがあった。過去を思い出そうとして、もどかしさを覚えることがよくある。二十八年間に及ぶこれまでの人生のページをめくっていて、黒く塗りつぶされた一項が必ず出てくる。思い出そうとしても思い出せず、記憶の糸を手繰るのさえ苦痛になってくる。

……暗雲に包まれている過去の一ページが暴かれようとしているのだろうか。

孝則は、ラストの一枚を拾い上げた。

カードの図柄を見て、米田は顔をしかめた。

「やっちまいやがったな。『死神』だ。不吉極まりない。カードに描かれているのは、大鎌を手にした死神が、人々の魂を刈り取る様子だ。死神は、肉を持たない骸骨であり、性別を判断することができないため、両性具有を連想させる。死神のとがった片足は、大地に突き刺さっていて、それを軸に、身体を回転させている。らせん状のこの動きこそ、死の舞踏にほかならない。正位置での意味は『破滅、終局、死の予兆』。逆位置での意味は、『死からの再生』だ」

孝則から見て、カードは逆位置だった。

「死からの再生」という言葉が、脳の襞に絡み付いてくる。過去のページに挿入された黒い記憶と、重なるところがあった。暗い深淵にゆっくりと沈んでいくイメージが湧き上がるにつれ、こめかみの血管が激しく脈打ち、胸がつまるような息苦しさを覚えた。

たまらずに、孝則は、成立しかけたストーリーを粉々にするかのように、差し出した両手でカードを乱暴にかきまぜていた。

「いいかげんにしてくださいよ」

苛立ちを爆発させる孝則を見て、米田は、湯呑みのお茶を一口すすって、口をとがらせる。

「占いの結果に文句を言っても、しょうがないだろう」

孝則は、片膝をついてポケットからＵＳＢメモリを取り出し、シャッフルされたカードの上に放り投げた。

「占ってほしくて来たんじゃないんです。こいつの正体が知りたくて、来たんですから」

「同じだよ。同じ」

意味がわからず、訊き返していた。

「同じって、何が」

「ＵＳＢメモリを持ち込んだのも、タロットカードを持ち込んだのも、同じ人物ってことだ」

そのとき、孝則は、斑状に禿げた毛髪と頭皮を透かして、米田の頭蓋そのものが見えたように思えた。芸大の映像科に籍を置いて養われたのは、最新の映像技術というより、伝統的なデッサン力のほうである。実際、今の仕事に役立っているのは、画家としての力だ。キャンバスに人物像を描こうとする場合、人体を構成する骨格まで見通す力が求められる。その力がなければ、リアルなＣＧ画像を創ることはできない。映像技術は、仕事に就けば自然と覚えていくものであるが、絵心を身につけるには、長い修行期間が必要となる。

頭蓋を通過してその奥に視線が及ぼうとしたとき、孝則の鼻孔には、ついさっき嗅いだばかりの匂いが蘇った。玄関に漂っていた、女性特有の、なまめかしい匂い……。

米田が言うところの同一人物とは、ちょっと前にここを訪れていた女性であると閃いた。

「で、だれ[illegible]ですか、その女の人は」

「酒田[illegible]鳴り響いているため、実際に会ったことがなくても、その人となりはあ[illegible]業[illegible]している。元女優で、現在は占い師。五十に近いはずなのに、驚異的な若いて、年齢不詳というのが相応しい。自ら構成台本を書き、プロデューサ映画、テレビ番組の制作を行う。俳優、タレントのみならず、ミュージシ[illegible]も信者が多く、その威光は芸能界の隅々にまで及ぶ……。

[illegible]が押さえている酒田清美像は、ざっとそんなところである。

おれが、分析しようとしているのは、酒田清美によって持ち込まれた映像なのか。

孝則は、その事実を噛みしめた。

6

前時代の遺物とも言うべき35ミリフィルムの映像など見たことはなかったが、孝則に聞いて存在だけは知っていた。映写機にかけられて、カチカチカチと今にも壊れそうな音をたてて回っているのが、それだ。

茜は、映像と、それを映し出す機材の両方を眺めていた。実際には有り得ない光景である。

フィルムは、感光処理されたプラスチックの薄膜に過ぎない。にもかかわらず、これほどの光がどこから発せられるのか。不自然な量の光が帯となって四方八方から伸びてきて、手で触ることができそうなほどに生々しく、一筋一筋が存在を主張している。

頬を刺す直前で光の棘は後退して、人生の絵巻物が展開されてきた。

校門をくぐろうとする若い女性、教室で国語を教える女性教師、教育学部の国語専攻に通う大学生、施設から中学高校に通う女子生徒……、すべて茜だった。

茜がこれまでに辿ってきた人生が逆回しにされ、スクリーンに映し出されているよ

キズの多いモノクロ画像が進むほど、茜は若くなっていく。小学校の高学年で、

秒間が挟まれ、今は亡き懐かしい顔が現れ、両手に抱かれた赤ん坊となり、

吸い、トンネルを抜けた先の小さな球体の中で、動きを停めてしまった。

ては、ゆったりと脈打つ鼓動が響いていた。カチカチという雑音が、鼓

と同時に、映像も機材もすべて消えて暗黒に包まれた。

だからといって不安はなく、限りない喜びとあたたかさを感じ、感謝が湧

いてくる。母の胎内に戻ることができたのだ。

幸福の絶頂の中で、茜は目を覚ました。

居る場所がわからなかった。ここはどこなのかと疑問を抱く自分を意識するにつれ、死んでしまったのではないかという不安が遠のいていった。

最初のうち、身体全体が白いベールに包まれているように感じられた。ねっとりとした白い膜に覆われた、新しい世界が周りにある。世界の中心にいるようで、気分は悪くない。悪くないどころか、胸をくすぐるような、高揚感があった。

まばたきするのも惜しく、目を開けたままでいた。ふわふわとした柔らかさが引いて、長方形をした硬質な平面が現れ、徐々に上昇していった。上空にあるのは、長方形の蓋のようだった。四隅は白い壁につながり、その裾野は視界の下へと消えている。

どうやら、自分は今、小さな部屋のベッドに横たわっているようだ。

天井の中心にある蛍光灯が、部屋を白く照らしていた。幻覚で見た光とは種類が異なり、頼りなく、弱々しい。

茜は、目だけを動かして、周囲の状況を把握しようと試みた。

むせかえるような土の臭いが、突如、意識の表層にのぼったかと思うと、消毒用アルコールを含んだ薬品臭に代わっていった。

事の流れを辿れば、今いるのはたぶん病室であると推測できた。校門に足を一歩踏み入れたとたん、土の臭いを嗅ぎ、意識を失って倒れたことが思い出されてくる。すぐ傍らには、庭師か警備員の男性がいた。彼が救急車を呼んだに違いない。とすると、ここは学校からほど近い距離にある病院の救急病棟だろうと、見当がつく。

「お目覚めですね」

耳許で声が聞こえた後、人間が立ち上がる気配がした。白衣を着た若い女性が、視界の左側を横切って歩み去り、壁にしつらえたインターホンで医師を呼んでいる。

直後に部屋に入ってきた医師は、看護師よりもさらに若く見えた。茜の顔を見て、にっこり笑いかけると、早口で喋り始めた。専門の医学用語と、早口のせいで、喋っている中身がうまく理解できなかった。おまけにときどき耳の奥で、キーンという金属音が鳴り、聴覚が遮断される。

……心肺機能の安定、意識障害の度合い、酸素飽和度、バイタル……。

聞き取れる単語はぶつ切れで、全体の文脈を理解することができなかった。かといって、訊き返すこともできず、茜は、「ふっ」と溜め息をついた。

「ご心配なく。意識障害の度合いは少ないようですから」

訊きたいことの答えになっていなかった。ただ、茜は、意識を失っている間に経過した時間を知りたかった。

救急車で搬送され、処置室に寝かされて、基本的な検査が為されたのだから、最短でも数時間が経過しているはずだった。しかし、最長の場合となると、見当がつかない。倒れて意識を失い、目覚めて意識を取り戻す……、一瞬のまばたきにも相当するその時間が、一年である可能性も捨てきれない。

「今日は何日ですか」

茜はおそるおそる尋ねた。それが、回復して最初に発した言葉だった。

「六月十八日、午後二時五十分。意識を失われていたのは、二時間五十分ということになりますね」

正午に倒れてから二時間五十分しか経過していないことを知り、茜はほっと胸を撫でおろした。人生のフィルムの中に、空白の時間がこれ以上差し挟まれるのは、耐えられない。

その後、医師と看護師のやりとりを通して、茜は、自分の身体が置かれている状況を理解していった。

……アルコール、薬物等の影響はない。

当然である。お酒を飲む習慣はないし、薬はここ二、三年飲んだこともない。

……心肺機能はしっかりしていて、感染症、外傷等もない。頭部ＣＴスキャンの結果は良好で、脳中枢部も正常に機能している。

早口でまくしたてる医師と、対照的におっとりとした口調の看護師は、これまでの検査では、意識を失った原因がわからないと告げていた。

茜には、それがいいことなのか、悪いことなのか、判断できなかった。健康の目安となる数値が、どれも良好に保たれているのはいいとしても、気を失った原因を特定できないままでは、危険を先延ばしすることにもなってしまう。

理性が身体の生理を理解しようと努める一方で、肌の表面はちょっとした異変を嗅ぎ当てていた。右側の頭部から首筋にかけて、同じリズムで反復する空気の流れを感じるのだ。

右側の死角に人の気配を感じた。どうやら、この小さな個室には、茜と医師と看護師以外、もうひとり人間がいるらしい。一メートルも離れていない背後にいて、これまでじっと息をひそめていたのだろうか。あるいは、もうひとりの看護師が、点滴の用意をするか、血圧を測ろうとしているのかもしれない。しかし、その人物の性別を感じることができなかった。男なのか、女なのか、判然としないのだ。雰囲気だけから男女を嗅ぎ分けられる茜の能力が、このときはうまく機能しなかった。

茜は、顔を上げて、右に捻（ひね）った。

着物姿の女性が、部屋の角に置かれた丸イスに座って、じっとこちらを見ていた。病院の救急処置室にあって不釣り合いな、古風な着物を着て、手に持った扇子を優雅に動かしている。

茜の肌に届いていたのは、扇子によって起こされた風だった。

茜の視線を受けても、女性の表情に変化はなかった。眉ひとつ動かさず、扇子を動かす速度も同じだった。

医師も看護師も、女の存在を無視するように振る舞っている。

「確認しておきたいのですが、現在、妊娠されてますか」

医師に訊かれても、茜の顔は背後に向けられたままだった。言葉は脳に達している。しかし、答える気にならない。茜は、両目を見開いて、端整な女の顔を観察した。目尻に年相応の皺がより、肌が透き通るように白い。指は細くしなやかだったが、爪の付け根の甘皮が剝けていた。

……母さん、なぜ、ここにいるの？

茜の疑問はもう少しで声になるところだった。手の甲を口に当て、息と一緒に言葉を吞み込み、必死で胸の内に抑え込んだ。

茜の頭は混乱しかけていた。母がここにいるための、筋の通った理由を考えようとして、ジジッジジッと血管がショートする。

救急車で運ばれたのだから、学校側が肉親に連絡するのは当然かもしれない。しかし、彼らは、母の連絡先など、知らないはずだ。知っていたとしても、連絡を取る手段など絶対に持ち得ない。

目を逆に戻すと、医師の顔が間近に迫っていた。彼は真剣に、妊娠しているかどうかの答えを求めようとしている。

「意識喪失の原因が、妊娠初期に起こる子癇発作だとすると、ちょっとやっかいなことになるんです。血圧も正常だし、疑いは少ないと思うのですが、一応、確認しておかないと……」

茜は、医師と、背後にいる女性を、交互に眺めやり、窮地に陥っていることを悟った。

母がいる前で、未婚のまま妊娠をした事実を告げる事態に追い込まれてしまったのだ。

胸中を察し、母は、顔色ひとつ変えずに答えを待っている。涼しげな瞳は、「あんた、妊娠してるのね」と決めつけているようだ。

茜にとっての永遠の謎は、母だった。

母が死んだのは茜が三歳の時だった。二十四歳という、今の茜と変わらない年齢で、この世を去った。病死なのか、事故死なのか、死んだ理由はだれからも聞かされていない。茜の実父がだれなのかも知らないし、葬式が持たれたかどうかの記憶も曖昧だった。

ときどき、こうして、茜だけに見える幻覚として、年に一度の頻度で、母は現れる。

さらに不思議なのは、若くして死んだ母が、幻覚となって現れるたび、相応に年齢を刻んでいくことだ。

生きていれば、今年で、四十五歳になるはずである。四十五歳に相応しく肌の色つやは衰えていたが、生前同様に、母は美しかった。

……母さん、老けたね。

心の呟きが聞こえたかのように、母は、扇子で顔を隠した。

7

電車に乗って席が空いていても、孝則は、座ることがなかった。立ってドアに寄りかかり、外の景色を眺めるのが常だった。

梅雨時の夜、京浜急行の上り電車に空席はあったが、孝則は、いつも通り、ドアのガラスに頬をくっつけるようにして立っていた。ガラスに映る自分の顔が、その向こうに流れる街の景色に溶け込んで、幽霊のように見えた。

三時間前、下り電車で川崎に向かったとき、進行方向左手の高架下に、密集する墓石が見えた。寺の境内ではなく、宅地に切り込むようなスペースにところ狭しと墓石が並んでいた。本来なら駐車場ぐらいにしか使い道のない路地の奥が、墓地となっているのだ。アパートの窓を開けば、すぐ下は墓石という光景は異様で、孝則はつい見とれてしまった。

今、孝則が寄りかかっている窓の外の風景に、墓は見当たらなかった。線路を挟んで逆側の街並とはずいぶん趣を異にして、住宅街を抜ける坂道が丘の上の闇に消えていた。

茜が入院したという知らせを受けてから、一日近くが経過したように感じるが、腕時計を見れば明らかな通り、まだ三時間もたっていないのだ。

今日という一日がすごく長く感じられる。午前にスタジオに出社し、茜からの電話で妊娠を告げられ、社長の米田から自殺画像が録画されたUSBメモリを受け取り、自宅仕事場で映像を分析しているうちに疑問は深まり、再度スタジオに出向き、米田から酒田清美に関する情報を得ている最中に電話を受け、学校の校庭で茜が倒れ、救急車で搬送された顛末(てんまつ)を知らされた。すぐに京浜急行で川崎の富士見(ふじみ)病院に向かい、茜の容体を確認した後、今、同じ路線で戻ろうとしている。

行ったり来たりを繰り返したようなものだ。

面会時間ぎりぎりまで、孝則は、ベッド横の丸イスに座り、茜の手を握り続けた。茜の細い指は冷たく、縋(すが)りつくように絡まってきた。

救急病棟の処置室から一般病棟の四人部屋に移されてからも、茜は、ときどき頭を上げ、心ここにあらずといった表情で、壁の隅に視線を投げてばかりいた。釣られて、孝則も同じ方向に目をやるのだが、そこには何もなかった。

今、時刻は八時を過ぎて、病院の消灯はすぐ目前に迫っている。孝則は、夜の病室にひとり残された茜の寂しさを思う。育ってきた境遇を知っているだけに、不安に身を苛まれているのではないかと想像がつく。

これ以上、彼女をひとりにしておけないという気持ちが湧き上がってきた。茜にとって、頼れる人間は孝則だけである。検査の結果がどうであれ、茜が退院したら、早急に籍を入れ、同棲を始めようと思うのだ。

今のところ、血圧も正常、腎機能も正常で、子癇発作を疑わせる要因はまったくなかった。血液、尿検査の数値も良好だった。癲癇の恐れもなく、頭部ＣＴスキャンによっても何ら異常が発見できない。さらに詳細な検査の結果を待ち、異常なしとなれば、明日にも退院の運びとなるだろう。

明日もまた同じ電車で川崎を往復し、退院の手伝いをしなければならない。

そう思うとふと疲れを感じ、孝則は、視線を車中に向けて空席を探した。空いている席はいくつかあったが、孝則は、なぜかふらふらと反対側のドアに移動しただけで、座ろうとはしなかった。すぐに電車は、青物横丁のホームに滑り込み、逆側のドアが開いた。それまで寄りかかっていたドアが開くのを予知し、ホームから乗り込んでくる客の邪魔にならないよう、先回りをする動きだった。

思った通り、酔っ払った男性客が乗り込んできて、それまで孝則がいた場所に陣取り、豪快に二度くしゃみをした。その拍子に、汗と混じった酒の臭いが身体から漂い出て、悪臭が車内に充満する。

左側のドアから右側のドアへと移動したのは、正しかったようだ。

孝則は、窓外の景色に目を戻し、顔を上げた。ホームの壁と屋根の間に細長い隙間があり、そのわずかなスペースから、古びたマンションの窓がのぞいていた。何階かはわからないが、エレベーターを挟んで、小さなバルコニーが横一列に六つ並んでいるのが見えた。

強烈な既視感に襲われた。

……かつて、一度、間違いなく、この光景を見たことがある。

その自覚のもと、孝則は、直後に起こることをはっきりと予測できた。今のところ、隙間から見えるマンションの部屋で、電灯が灯(とも)っているのは両端のふたつだけだが、右から三つ目の部屋の明かりがすぐに灯される。

……3、2、1。

カウントダウンを始め、心の中で「ゼロ」と言うと同時に、目当ての部屋の窓から光が漏れた。予知した通りの光景が、眼前に提示されたのだ。そのまま見続けていると、部屋の窓から放たれた光が、一旦（いったん）、ゆっくりと遮断され、元に戻っていった。ブラインドが閉じて、開かれたのだろうか。カーテンなら左右に開閉されるが、シャッターがおりてまた上がるような上下の動きで、孝則には、まばたきのように感じられた。

　孝則にとっては、予知した通りに部屋の明かりが灯されたことより、闇に浮かぶ巨大な眼球がまばたきをしたことのほうが、より大きな驚きだった。

　視線をはずすことができなかった。右から三つ目の部屋が、サインを送っているようで、胸騒ぎがする。さっきから、孝則は、すぐ先の未来を予知して、先回りする行動ばかり取らされていた。

　背中では、車内の雰囲気の微妙な変化を感じ取っていた。悪臭は相変わらずだったが、慣れたせいであまり気にならない。疲れているにもかかわらず、感覚が研ぎ澄まされていくようだ。渾然（こんぜん）一体としていた乗客の会話の、ひとつひとつが明瞭（めいりょう）に浮き上がり、意識に届いてくる。第一京浜を走る車一台一台の音を区別でき、カラスの鳴き声や犬の遠吠（とおぼ）えから、声の主を想起できた。

　首筋の皮膚は、車内温度の上昇を感知していた。蒸し暑さが一段と高まったのは間違いない。振り返ってようやく、理由が判明した。ドアが開いたままになって、暑い外気が流れ込んでいるのだ。

孝則は、電車がホームに停まっている時間が長過ぎることに気づいた。各駅停車の鈍行なら、待ち合わせのため、長くホームに停まることもあるだろうが、孝則が乗っているのは急行だった。

座席に座っている客の何人かは、腰を浮かせて周囲をうかがい、首を傾げたりしていた。異常に長い停車時間に対して、だれもが疑問を持ち始めたようだ。

孝則は、周囲の動きに釣られて車内を見回しているうち、週刊誌の中吊り広告にある記事の小見出しに目を留めた。

「ここ数か月、自殺者急増、原因不明」

確かに、最近よく自殺のニュースを見聞きする。しかも、孝則のポケットには、自殺画像が録画されたUSBメモリが収められている。

興味を持って、中吊り広告に近寄ろうとしたとき、車内アナウンスが流れた。

「この先の品川駅で人身事故が発生し、ただ今、運転を見合わせております。ご迷惑をおかけしてまことに申し訳ありません」

乗客たちの口からは「えー」と溜め息が漏れ、舌が打ち鳴らされた。

突如、孝則の脳裏には、レールの上に飛び散った四肢の映像が浮かんだ。轢断された腹からはみ出した臓器が、湯気をたてる様が生々しく、あたかも現実を目の当たりにしているようだった。

映像を拭う（ぬぐ）ように首筋をかきむしり、孝則は、もといた場所へと身体を移動させた。人身事故となれば、待ち時間は相当に長くなると覚悟しなければならない。電車から降りてタクシーを拾ったほうが賢明だ。余計な出費は強いられるが、臭く、暑い車内でいつ終わるか知れぬ作業を待つのは、苦痛以外の何物でもない。

車両からホームに降りようとして、孝則はもう一度、長方形の隙間からのぞくマンションを見上げた。

いつの間に明かりが消えたのか……、右から三つ目の部屋は、暗く閉ざされていた。

8

時計の針は夜の十一時を回ろうとしていた。長かった一日もあと一時間で終わる。風呂（ふろ）から上がって、脱いだジーンズを洗濯機に入れようとして、孝則は、USBメモリをポケットに入れたままであることを思い出した。

……危ない、危ない。

米田は、映像が保存されているメモリは、今のところこれ一本だけと言っていた。紛失したり、壊したりしたら、貴重な映像が失われてしまう。午後に再生したとき、データを保存したかどうか、記憶はあやふやだった。

孝則は、メモリを取り出し、パソコンの置かれたデスクへと向かった。

スタジオ・オズのスタッフはみな、仕事を家に持ち帰るのを好んだ。オフィスのパソコンより、自分用に特化された自宅のパソコンを使うほうが、仕事はスムースに進むからだ。

孝則も例外ではない。午後、オフィスから一旦自宅に戻った理由はそこにあった。今日一日で、オフィスと自宅を二度往復してしまった。二度目に行ったのは、USBメモリの映像を分析する目的について、米田から話を聞くためであった。

しかし米田は、言葉を濁すばかりで、一向に埒が明かなかった。メモリを手渡してきた酒田清美の意図がどこにあるのか、米田自身わかっていないのだ。シーンを加工してテレビの特番で使う企画などとうの昔に雲散霧消している。

つまり、彼もまた、孝則と同じ疑問を抱いていたことになる。

「普段は、モノをはっきり言う酒田さんが、珍しく、奥歯にものが挟まったような言い方しかしないんだよな」

米田はそう言って、首を傾げた。

何の目的で、どこをどう分析してほしいのか、肝要なところを隠したまま、「この映像を見た人間はどう感じるのか、何か変なところはないのか」と、見た者の印象を尋ねるのが、酒田にとっての目的であるように、米田は感じたらしい。しかも、怯えと不安が、言葉尻や仕草からうかがえたというのだ。孝則から見て、米田は鈍感の部類に入る。立ち居振る舞いの裏にある、微妙な心理に気づくような人間ではない。その米田に、心の中を見透かされるほど、酒田は動揺していたというのだろうか。噂に漏れ聞く女傑のイメージと齟齬をきたすようで、どこか不自然な印象は拭い切れない。

理由は何であれ、米田としては、酒田清美に貸しを作っておいて、悪いことはひとつもなかった。恩を売っておけば、後の仕事につながる可能性は高く、できる限り協力をすると約束して、胸を叩く姿が目に浮かぶようだった。

「だからよお、ま、とにかく、こいつの面倒を見てやってくれ。気づいたことがあったら、何でもいいから、教えてほしい」

米田の態度には、USBメモリをやっかいモノとして扱い、自分の手元から放して、孝則に押しつけようという魂胆が見え隠れした。

孝則は、米田に恩があった。スタジオ・オズに来る前、孝則は、CM制作を数多く手掛ける総合プロダクションに所属して、コンピューターグラフィックスからアニメーションまで、幅広く仕事をしていた。それなりに得るところはあったが、仕事を覚えるにつれ、皮肉なことに、CM制作の一部門に組み込まれていった。総合的な仕事で腕を磨き、将来の映画作りに繋げたいと望んでいた孝則は、太い幹からはずれて専門職に閉じ込められるのだけは避けたかった。

ちょうどそんなとき、下請けプロダクションの経営者である米田から「うちに来ないか」と誘われたのだ。

米田は、孝則の才能を認めてくれた上、一緒に映画制作に乗り出そうと夢を語り、いずれ、裁量のすべてを与えて短編映画の制作を任せると約束してくれた。

渡りに船とばかり、大手プロダクションを辞め、孝則がスタジオ・オズに移ったのは二年前のことである。

できもしないことを挨拶代わりに言う業界にあって、米田は、きっちりと約束を守ってくれた。スタジオ・オズはなけなしの金をはたき、CGを使った短編映画の制作を立ち上げ、『グリーン・ウォール』という作品の監督を孝則に任せた。『グリーン・ウォール』は、地方の映画祭に出展されて入賞し、DVDにもなり、マニアの間でそこそこの評判を呼んだ。おまけに、制作費を回収できるだけの収入も生み、孝則にとって最初の作品は、予想外の成績をあげることができた。すべて、米田が機会を与えてくれたおかげである。

それを思えば、雑用を押しつけられて文句を言っている場合ではなかった。

孝則はパソコンを起動させ、USBメモリの画像を一旦ディスプレイに呼び出した。案の定、データは保存されていなかった。まず孝則は、ドキュメントに映像を読み込む操作を行った。

そのまま電源を落とすつもりだったが、寝る前にもう一度見ておこうかと一瞬の気の迷いが生じた。気分のいい映像ではない。良質の睡眠を取ろうとするなら、このまま寝てしまうのが一番だ。しかし、誘惑に抗ってベッドに横たわっても、懸念が増すだけかもしれない……。

孝則は、制限時間を設けることにした。パソコンで画像処理を行っているうち、夜が明けてしまったことなど幾度もある。短時間のうちに再確認ができるだろうと、孝則は、制限時間を十分とした。

ところが、映像を再生してすぐ、自ら設けた時間制限など吹き飛び、あっけなくディスプレイの前に捕縛されてしまった。ついさっきの体験がもたらした引力のせいである。

最初、画面に映し出されるのは、首吊り自殺が行われたワンルームマンションの一室である。自殺の実行者が、手にビデオカメラを持って室内を歩き回っているため、薄汚れた壁紙や窓枠、テーブルやイスを、ビデオレンズが舐めていく。玄関ドアが開き、カメラが共用廊下の一部を映像でとらえた後、視点は部屋の中に引き戻された。

孝則は、そこで画像を停めた。ドアが開いたとき、対面にある部屋の番号が映ったような気がしたからだ。対面の部屋のドア中央部からアングルを上げ、プレートらしき長方形を摑んだところで、徐々に拡大させていった。プレートに記載されていた数字が大きくなる。

……311。

自殺が行われた部屋の正面にあるのは、「311号室」だった。

次にカメラは、手振れしながら弧を描き、壁を舐め、窓枠を焦点に収めてから、テーブルに固定されようとする。

孝則は、画像を一旦停止させ、巻き戻して、コマ送りしていった。ターゲットは絞られている。激しく興味をかきたてられるシーンが、間違いなく挟まれていた。ほんの一瞬であったが、見逃すはずはない。

ビデオカメラの焦点が、バルコニーに通じる窓をさっと横切ったとき、外の景色が映し出されたのだ。部屋から眺められるのは雑然とした街並だった。どこの街かはわからないが、左右に一本の線路が延びているのがわかった。

孝則は、そのシーンで停止させ、スクロールしながらターゲットを見つけ、拡大させていった。

ほぼ平行に見下ろす格好で、電車の駅があった。ホームの上部は屋根に覆われ、横は防音用の壁に囲われていて、長方形の細い隙間から、停車している車両の一部が見えた。

孝則は、さらに画像を拡大させた。赤い車両の上部には、行き先を示したデジタル表示がある。どうにか、読み取れるまでに拡大できた。

……羽田空港、急行。

電車の目的地が羽田空港となれば、路線名はすぐに特定できる。京浜急行の下り線だ。

京浜急行の羽田空港行きの場合、快特は、品川駅を出て京急蒲田に停車するか、目的地まで直行する。急行の場合、品川を出て停まるのは、青物横丁、立会川、平和島、京急蒲田の順である。

画像を元のサイズに戻そうとしたところで、孝則は、再び手を止めた。駅のホームの手前に、直方体の物体が林立する一帯があったからだ。焦点を移動させて拡大したところ、直方体の物体が墓石であるとわかった。家々の軒下のスペースに切り込んで、猫の額ほどの墓地が延びていた。

孝則はごくりと唾を飲み込み、ただじっと画面を眺め続けた。

落ち着けと、自分に言い聞かせながらも、頭のスクリーンには、ついさっき、病院から戻る途中に見たシーンがフラッシュバックしていく。

京浜急行の上り電車が青物横丁で停止し、ホームの屋根と壁の隙間から見上げたところ、横一列に六つ並ぶ部屋が見えたのだ。

ひらめくものがあった。

孝則は、ディスプレイから目を離し、手元のメモ用紙に、簡単な見取り図を書いた。六つ並んだ部屋の右から、1、2、3と番号を振り、廊下を挟んで対面の部屋に左から7、8、9と数字を当てはめていく。中央のエレベータースペースを考慮に入れると、3の正面は11になる。自殺が実行された部屋の対面は、311号室だった。すると、今、見ているこの部屋の番号は、303号室。つまり、右から三番目の部屋となる。

充分に孝則の注意を引きつけた上で、誘うように、ゆっくりとまばたきをしてきた部屋……。

階数が三階でない可能性もあるにはあった。しかし、下り車両の行き先表示が見える位置関係から判断して、上り電車ならば窓の上部付近が見えると予想できた。こちらから向こうが見えるということは、向こうからもこちらが見える。

電車の中では、あたかも予知能力が働いたかのように、起こるべき事象の先回りをする行動を取らされた。予知能力がまだ持続しているのだとすれば、これは偶然の一致ではありえない。

名も知れぬマンションの一室で本当に自殺が行われたのか、だとしたらその人物はだれなのか……、想起されるべき疑問を放置したまま、孝則は、自分の周囲に浮遊する目に見えない力に怯(おび)えた。

何者かに導かれているのだ。精巧に仕組まれた罠なのか、あるいはただ無意味な映像を見せられただけなのか、どちらとも判別がつかない。ただひとつ言えるのは、自分と、この映像の成り立ちは、無関係ではないということだ。

こめかみのあたりに充血があった。頭のあちこちに脈動が感じられる。

パソコンの横に置かれた腕時計の針は、十二時を回ろうとしていた。長かった一日もようやく終わる。

今日一日の出来事など、後に続く悪夢から見れば、ほんの序章に過ぎない……、なぜか孝則には、そのことがわかっていた。

第二章　導かれて

1

坂道を上った先には、孝則が待つマンションがある。間近から見上げ、超高層建造物の威圧感を受けて、茜が歩く速度を緩めたちょうどそのとき、反対側の歩道に立つ男の姿が視界に入り、思わず立ち止まっていた。

左横には有名ブランド店のショーウィンドウが、まっすぐ前方へと延びている。茜は、頬がガラスに触れる寸前まで顔を近づけた。展示されている高級バッグに興味があったからではない。警戒心を悟られまいとして、咄嗟に取った行動であった。

過去の忌まわしい記憶にも、見知らぬ男の影がつきまとうため、茜の肌は特にざわめく。

気のせいだということはわかっていた。これまでにも似たようなことは幾度となくあった。あとをつけられていると思って立ち止まり、相手の行動を観察した結果、単なる思い過ごしと胸を撫で下ろすのが大半だった。あるいは、渋谷を歩いていて、すれ違った男と目が合い、Uターンしてつけられたこともあるが、それは明らかにナン

た。男と目が合い、「あ、この人、来る」と直感が働いて、はずれたこと
なかった。しばらくあとをつけられ、しっかりと観察された後、拍子抜けするぐら
い明るく声を……けられるのが常だった。
……ところだろうと、茜は、バッグを見るふりをして、ショーウィンドウ
今回……る男を観察した。
……路を挟んだ向こう側の歩道に立ち、茜のほうに背を向けて携帯電話を耳に
のだ。歩きながらでも話せるはずなのに、わざわざ立ち止まっているのが少々
……に感じる。
……、自分の視線があの男に引き寄せられてしまったのか……、茜は、無意識にと
……行動の理由を考えた。
行動したのは茜のほうが先である。ショーウィンドウの前で急に立ち止まった茜に反応し、男は歩みを止めてなにげなく携帯電話を取り出した……、一連の流れはそんなところだ。

神経が過敏になり過ぎているのかもしれない。一昨日、学校の校門で倒れたことが影響しているのだ。倒れた理由がわからないため、必要以上に不安感がかきたてられる。

男に背中を向けたまま、茜は、ガラスに映った鏡像を見続けた。年齢は三十代だろうか。痩せて、背が高く、身なりはきちんとしている。カジュアルな夏もののネクタ

イをしめ、シャツの上から半袖の白いジャケットをはおり、外見に不審な点は見当たらない。

男は、身体をわずかにひねり、茜のほうに飛ばした視線を足下に落とし、爪先で小石を蹴る仕草をしている。どこかわざとらしさがあった。かといって、ナンパ目的の雰囲気を漂わせていなかった。

孝則の待つ部屋に、さっさと帰りたいのに、動きを封じられてしまった。目と鼻の先にいて、帰りを待っていてくれるはずの孝則に、近づけないのがもどかしい。

一年でもっとも日の長い季節、六時を過ぎようとしていたがまだ充分に明るい。携帯電話のバックライトを浴びて、ガラスに映る男の鼻のあたりが、青白く光った。

それを合図に、茜は歩き出した。

同棲を始めて一日目の夜を、つまらないことで無駄にするわけにはいかなかった。

[illegible]と行動して、思い過ごしと悟り、自分の愚かさを笑えばいいだけの話だ。

[illegible]の下まで続くショーウィンドウが、右手斜め後方の景色を映し出していた。

[illegible]ートルばかり歩くと、頃合いを計ったように、男は同じ方向に歩き始めた。

「そ[illegible]

[illegible]茜は胸の内で声を上げていた。

[illegible]じゃなかったの。

[illegible]の動きは、見事に呼応している。

ショーウィンドウが途切れる寸前で、茜は携帯電話を開き、手鏡をディスプレーに当て、即席のバックミラーを作った。通行人からすれば、携帯を操作しながら歩いているとしか見えない。

男は一定の距離を保って、茜の斜め右後方からぴたりとついてきた。だからといって、立ち止まるわけにはいかなかった。不自然な行動を取って、相手に悟られてはならないと、本能が告げている。

遊歩道をくぐり、石段を上れば、そこは孝則が待つマンションのロビーだった。もちろん、オートロックのロビーを通り抜けてしまえば、男の追跡は終わる。だが、茜が住もうとしているマンションの住所が知られることになる。鶴見（つるみ）の安アパートを出て、都心のマンションに移って第一日目に、得体の知れない男に、茜の居場所が把握されるのだ。

茜は、集中力を発揮させ、最善の行動は何かと考えた。男が、本当に自分のあとをつけているのかどうか、明らかではなかったが、恐ろしいほどに心はざわめき、警戒心が点滅するのだ。

茜は一瞬で判断し、孝則の待つマンションロビーに行くのを諦（あきら）め、そのまま坂道を上り続けた。突き当たりのT字交差点を右に折れ、急ぎ足でガラス張りのコーヒーショップに入った。

カウンターに並ぶ間も、茜の神経は外の歩道に集中していた。カウントを取り、ちょうど十秒後に、外の歩道を行き過ぎていく男の姿があった。

男は店内に顔を向けなかった。コーヒーショップに茜が入ったことを見届けていれば、敢(あ)えて確認する必要もないだろう。

このまま外に出て、来た道を戻ろうかとも思うのだが、男がどこかで見張っていそうな気がする。茜がコーヒーショップから出るのを待って行動を再開されたら、行き場を失う恐れがあった。

蒸し暑い中を歩いてきたというのに、熱いものが飲みたくてならなかった。

茜はホットミルクを注文し、カップを持ってイスに座り、入り口付近に視線を固定させた。男がこの店に乗り込んできたとしても、やはり行き場を失うことになる。

……被害妄想なのかしら。

まだ、確信が持てない。単なる被害妄想である可能性が高いとわかっていて、白黒はっきりつける勇気が湧かないのだ。眺めている世界から、確固たる基盤が崩れていくようだった。一昨日の正午に、校門で倒れたときから、現実の中に妄想が入り込んでしまった。現実が歪(ゆが)められたまま、実像と虚像がごちゃごちゃになっているのだろうか。

客が出入りするたび、梅雨時の生暖かな空気が流れ込んだ。茜は震えていた。わけもなく、不安でならない。

今、この瞬間、孝則とつながっていたかった。彼の声を聞けば、妄想を押し退けてリアルな現実が立ち上がり、毅然たる態度で行動を起こす勇気が出るだろう。

茜は、バッグから携帯電話を出して、孝則に電話しようとした。

登録されている番号を呼び出し、通話ボタンを押そうとして、ディスプレイ上の小さな変化に気づいた。ディスプレイ上部で、サインが点滅していた。警戒心の点滅と同じリズムを保ち、小さな光を放っていた。

初めて見るもので、最初のうち何の機能を表しているのかわからなかった。しかし、眺めていれば、次第に呑み込めてくる。それが、GPS機能によって、自分の居場所が探索されていることを示すものであることを……。

……だれが、何の目的で。

人気のない場所で失神されるのを恐れ、孝則が先手を打ったのだろうかと、筋の通った解釈をしようとして、茜は首を横に振る。いい加減な説明で、自分を騙そうとしてはいけない。孝則が、そんなことをするはずがないと、わかっていた。秘密裏に追跡する類いの行為をもっとも嫌うキャラクターの持ち主であった。

記憶の底に押しやった悪夢がまた蘇ろうとしているのだろうか。だとすれば、GPSの点滅はその兆候だった。

茜は、ただ声を聞きたいがために、孝則の番号を押した。

電話口に相手が出るまでの間、茜はまばたきひとつしないで、ガラス窓の外に視線を注ぎ続けた。夕暮れが濃くなりつつある歩道を、何事もないかのように、幾人かの男女が行き過ぎていく。

男は、今眺めているガラス窓の、左側の死角にいて、じっとこちらを見ている。

……お嬢さん、出ておいで。鬼ごっこしようよ、昔のように。

どこからともなく、男の囁き声が、聞こえたような気がした。

2

ほんの眠気覚ましのつもりで、バルコニーに出たところ、西向きの部屋からの眺望に目を奪われ、つい長居をすることになってしまった。

沈みつつある夕日が、薄雲のかかった西の地平を見事な朱色に染めていた。

四十階建て高層マンションの、十二階というほどよい高さが、孝則は気に入っていた。上階に行けば行くほど、俯瞰する風景から現実感が殺がれるように感じるのだ。

さらに高くなると、眺めている世界から次元がひとつ欠落したような錯覚を抱く。

たとえば、飛行機に乗っていて、着陸しようとするとき、窓側に顔を寄せて滑走路付近の風景を眺め下ろすと、山肌を彩るゴルフコースや家々が、人生ゲームの盤のように見えてくることがある。下に広がっているのは架空の世界であり、自分は今、三次元の高みにいて二次元平面を見下ろしている。優越感にも似たそんな感覚は、飛行機が下降するにつれて薄まり、風景にリアリティが肉づけされ、滑走路に触れてようやく現実を取り戻す。

十二階からの風景には、そんな危うさがなかった。俯瞰は、いつもながらの日常にあふれ、安定感があった。高さが一定しているからにほかならない。

飛行機の離着陸時の場合、急激な上昇下降と加速力が相俟って、現実感の減退を招く……、と、そんなことを考えているうち、孝則の連想は、今日の午後に訪れた品川のマンションへと及んだ。七階建てマンションの、それぞれの階からの風景が、脳裏に焼き付いていたからだ。

ＵＳＢメモリに録画された映像を分析して、撮影場所はほぼ特定できていた。

……京浜急行、青物横丁駅のほど近くに建つマンションの一室。

推測を確証に変えるためには、現場に行くほかなかった。

青物横丁の駅で降りて、すぐ現場に向かうことはなかった。空腹だったし、呼吸を整えるつもりもあり、駅前のラーメン屋で麺をすすりながら、孝則は、先の展開をシミュレーションすることにした。いざという事態に備え、きちんと身構えておいたほうがいい。予想もしない事態に直面すると、人間は我を忘れてへまをしがちである。予想さえしておけば、ある程度の事態であっても、そこそこ冷静に対処できるはずだ。

男が、青物横丁駅の間近に建つマンションの３０３号室で、首を吊ったのだとしたら、それはいつのことなのか。米田は、自殺の実況画像がネットに流出したのは一か月ばかり前のことであると言っていた。

実際に自殺が行われたとして、既に一か月以上経過していることになる。

二者択一の選択肢のうち、敢えて、最悪のパターンを辿れば、のこのこ出向いて行った先には、自分が自殺死体の第一発見者となってしまう可能性が横たわる。田舎の一軒家ならいざ知らず、駅前のワンルームマンションで、一か月以上自殺死体が放置される可能性は低いが、心構えだけはしっかり持っておくべきだった。

孝則は、イメージトレーニングを終え、意を決してラーメン屋を出た。

方角、距離はおおよそのところ見当がついていた。坂を上ってすぐのところに、目標とおぼしきマンションは見つかった。名前は「品川ビューハイツ」。築三十年以上経過している、七階建ての古いマンションである。外見からでも一部屋一部屋の大きさの見当がついた。

管理人室とエレベーターホールの間に集合ポストとコインランドリーが設置されたスペースがあり、孝則は中に入って、ポストのプレートに記された数字を順に追った。

目指す部屋番号は303号だった。郵便物や新聞がぎっしりと詰まって乱雑に口を塞がれたポストが、脳裏にフラッシュバックしたが、実際の映像は違った。

303という数字が記載されたポストはすっきりと保たれていて、隙間から覗くと、配達されたハガキが二通、底に重なっているのが見えた。孝則は、素早く周囲を見渡し、ポストのつまみを引っ張った。扉は簡単に開き、ハガキを取り出して宛名を読んだ。二通とも、同じ名前が記載されている。

「新村裕之様」

303号の住人が、新村裕之である可能性は高い。孝則は、名前をしっかりと記憶にとどめた。

封書を元に戻し、廊下に出て周囲を見回した。平日の午後一時過ぎで、人影がまるでない。事務所代わりに使っている部屋もない様子で、全体的にひっそりとしている。唯一、管理人室の奥から、シャッシャシャと、シンクをタワシで擦るような音がするだけだ。

エレベーターではなく、一旦外に出て非常用外階段で上り、それぞれの階からの風景を確認することにした。

なにげなく鉄製の階段の縁に足を乗せたところ、不用意に大きな音がして、反射的に爪先を浮かせていた。ゴム底の靴なのに、カーンと硬い音がして、商店が密集する路地に響き渡る。

三階の踊り場に辿り着いて駅の方を見下ろすと、眼下には、USB映像と同じ風景が広がっていた。自殺した部屋からの眺めとほぼ同じ斜角で、視線は屋根と壁の隙間を抜け、青物横丁駅のホームに届くのだ。

念のため、最上階まで往復し、高低差による風景の違いを把握し、三階に戻ったところで、孝則は、内廊下への入り口に立った。

前方にまっすぐ廊下が延び、想像した通りの配置で、両側に部屋が並んでいた。右側にエレベーターを挟んで六部屋、左側に七部屋、計十三部屋が相対峙している。突き当たり正面にはめ込まれたガラス窓から、午後の陽が差していたが、光量の割には雰囲気がどこか暗い。壁が薄汚れているからなのか、低い天井の圧迫を受けるためなのか、あるいは等間隔に並んだ焦げ茶色のドアのせいなのか……。

周囲に視線を巡らせながら歩いていくうち、いつの間にか、303号室の前に立っていた。

時刻は、午後の一時二十二分。普通の勤め人なら、部屋にはいない時間だ。今にもドアが開き、見知らぬ男が出て来ないとも限らない。

全神経が臭覚へと集まっていった。小刻みに鼻で息を吸い、ドアの隙間から滲み出る異臭を嗅ぎ当てようとするのだが、周囲に漂うのは普通の生活臭のみだった。

孝則は、二、三歩退いて、ドアの向こうを透かし見るように、両目を細めた。電気メーターがゆっくりと動いていた。一応、室内には人間が住み、管理されているようだ。部屋の主、新村裕之は、在室しているのかどうかと、孝則は、前に出て、ドアに耳を押し当てた。物音ひとつなく、人のいる気配はない。ドアノブに伸ばしかけた手を、思わず引っ込めていた。内側から施錠されておらず、万が一ドアが開いて、その先に予期しない光景が出現したらと思うと、勇気が涌かなかった。

ドアの前に立ち続けるわけにはいかなかった。不審者と間違えられかねない。外の空気を吸いたくてならず、孝則は非常口へと向かった。

外階段の踊り場は宙に浮くスペースだった。その手摺に身をゆだね、孝則は、これまでのところを整理してみる。

新村裕之が、USB画像に映っている人物であり、なおかつ生存しているとすれば、映像は何らかの魂胆のもとに偽造され、ネットにアップされたことになる。しかし、画像から伝わる肉体には本物ならではの迫力があった。首筋に食い込んだロープが皮膚をよじってできる皺や、落下時に空気をはらむ服の裾の舞い方など、絶妙の抵抗運動が表現されていた。CG画像だとすれば、作り手の腕は想像を絶するものとなる。

自分の力量と比較しても勝敗は明らかで、孝則は、参ったというほかない。

あるいは、一か月以上前に、別の男が自殺を遂げ、リノォームされた後の部屋に、新村裕之が住み始めたということも考えられる。その場合、303号室は、自殺者を出したばかりの事故物件となり、賃料は相場の半額以下に下がる。しかし、いくら安くても、自殺者が出た直後の部屋に住みたいと思う人間などいるものだろうか。

孝則の直感は、両方の仮説を否定していた。思いも寄らない第三の説があるはずだが、情報量が少な過ぎて、真理に至る道がどこにあるのか、大ざっぱな方向すら発見できない状態だった。

自殺画像が撮影された部屋が特定されたこと、部屋の住人の名前が「新村裕之」らしいこと……、二点の収穫を得たことに満足して、孝則は、青物横丁を後にしたのだった。

バルコニーから眺め渡す街の風景から朱色が消え、闇が取って代わろうとする頃、孝則は、部屋に戻りサッシ窓を閉めた。

エアコンをつけておいたため、室内はひんやりと乾燥していた。

孝則はまず、リビングルームの隅に設置された電話機の前に立ち、着信履歴を調べた。バルコニーに出て窓を閉めると、電話の呼び出し音は聞こえなくなる。茜の帰りがちょっと遅いような気がした。留守電にメッセージが残っているかもしれないとチェックしたが、着信履歴はゼロのままで、さっきと変わっていない。

孝則は、パソコンを立ち上げ、ドキュメントにカーソルを合わせた。現場に行き、この目で直に風景を観察したことにより、新たな発見があるかもしれない。茜が部屋に帰って来る前に、軽くチェックしておこうとして、保存した映像を呼び出した。

時間ばかり気になって集中力が湧かないまま、映像を流しているときだった。おやっと小さな変化に気づいて、孝則は、その箇所で映像を停止させた。

以前見たときは、首吊り自殺実行者の男は、乗っていたイスを蹴り倒したかと思うと天井を突き破って上から画面を縦に通過し、胸から上が隠れる位置で上下運動を止めた。

そのとき、男の足先は、充分な余裕をもってディスプレイのフレーム内に収まっていた。

しかし、今……、男の爪先はフレームの底に近づいている。つまり、以前見たときよりも、男の身体が下にずれたことになるのだ。

そう思って、視線を上にずらすと、胸から上、首筋に食い込んだロープがかすかに見えている。以前見たとき、ロープは見えない位置にあった。

「気のせいか……」

孝則は、独り言を呟き、力なく笑った。ビデオカメラで撮影された男の身体が、重力の作用を受けて下にずり落ちていくと思うと、なんとなくおかしくなる。二次元のデジタル空間に、三次元空間に有効な重力理論が働いたとなれば、滑稽極まりないことだ。

目で見たものすべてが真実ではないと、孝則はよくわかっている。意識によって処理されて初めて、知覚は想念として定着する。つまり、現実と夢を区別する方法はないに等しい。「気のせい」という解釈は確かに成り立つのだ。

物事をなるべく論理的に考えようとする態度が、ちょっとした疑問を浮上させていた。

……もし本当に映像が変化したのだとすれば、それはいつからなのか。

様々な事象を、検証できるものと、できないものに分け、客観的な分析を行うべし。

USBメモリに保存された映像を、パソコン本体にコピーしたのは一昨日の夜十一時過ぎのことだ。そのときから映像は、二本に枝分かれしたことになる。一本はUSBメモリに保存されているオリジナル。もう一本は、パソコン本体に保存されたコピー。孝則は、その両者を比べてみようと思い立った。

パソコン本体にコピーを作ってからは見る機会もなかったUSB映像を、二日ぶりでディスプレイに呼び出し、問題の箇所を比較した。

自殺の実行者がイスを蹴って落下し、床を抜けたかと思うと天井を突き破って、今度は上から落ちてきて、胸から上が見えない位置で止まった。そのとき、足の爪先は下のフレームまで余裕のある位置で止まっている。

……やはり思い違いではなかった。

USB映像に変化はなく、パソコンに入れたコピーにのみ、変化が現れたことになる。コピー画像の中、自殺者の男は、徐々に身体を下にずらしているのだ。

もう一度最初から映像を確認しようとしたとき、携帯電話の着信音が鳴った。ディスプレイには、茜の名前が表示されている。

聞こえてきた声の質が、普段とは異なっていた。焦慮に駆られ、低く押し殺し、周囲をうかがうニュアンスが込められている。

最初のうち、何を言っているのか要領を得なかった。

……つけられている、監視されている、追われている。

とぎれとぎれの声が、説明するところによると、ざっとそんな状況になるのだが、警戒心の強い茜の性格を知り抜いている孝則には、ついさっき自分に言ったのと同じ台詞しか思い浮かばなかった。

……気のせいだろう。

3

普段ならバスタブにのんびりと浸かるところだが、なぜかその気にならなかった。

シャワーを浴びているうち、茜は、理由がわかってきた。降り注ぐ温水が、妄想を洗い流してくれるからだ。

男は実在しなかった……、いや、実在はしたが、茜に危害を加えようという意図を持つ者ではなく、ただの通りすがりに過ぎなかった。

コーヒーショップまで迎えにきてくれた孝則が、すべて解決してくれた。

周囲をくまなく見回しても、不審な男はどこにもいなかったと断言してくれた上、GPS追跡アプリは、茜が人知れぬ場所で再度意識を失うことを恐れ、内緒でインストールしたものであるとわかったのだ。

……疲れてるんだよ。神経が過敏になっているせいで、ちょっとした変化に特別な意味を読み取ろうとしてしまうんだ。

危害を加えようとする男は、妄想が作り上げた幻影に過ぎないという説に、茜はすがりついた。

湯に叩かれ、妄想が流されて空いたスペースを、明るく楽しい想念で埋めようと努めるうち、口をついて鼻歌が出てきた。

孝則がそばにいれば、ちょっとした不安も安心に変わる。考え得る限り最高の男と知り合い、恋に落ち、彼の子どもを宿し、入籍を目前に控え、前途は明るく輝くようだった。来年早々には、子どもが生まれて親子三人の生活が始まり、孤独な境遇からは永遠に解放される。安定した生活と安心が得られるのだ。教師の職を辞すかどうかは、子どもを育てる段になって、考えればいいことだった。できれば、仕事と子育てを両立させたがった。孝則もそれを望むような口振りなのが、頼もしい。

孝則は、まさに「白馬に乗った王子様」そのものだ。

茜[illegible]まま茜を産んだ母が亡くなり、父がだれなのか知らぬまま、三歳にして茜は孤独の身となった。ちょうどその頃に設立された児童養護施設「ふれ愛」に入り、五年間を過ごし、十八歳を迎えての巣立ちを祝うパーティ会場で、孝則と出会ったのだ。

施設を出て一人立ちを始めるにあたり、その門出を祝うため、公立学校共済組合のホールを借りて財団理事長が催してくれた、つましく、こぢんまりとしたパーティである。設立と同時に施設に入った茜たち一期生は、ある者は社会人となり、ある者は大学生になろうとしていた。大学の合格を決めたばかりの茜には、入学祝いをも兼ねることになった。

会話のきっかけが何であったか忘れてしまったが、孝則の口から出た一言は今も忘れない。

「親父がやろうとしていることの成果を、この目で見たくて来たのです」

孝則が、都内有数の総合病院を所有する家族の長男と知ったのは、そのときである。

「ふれ愛」は、孝則の父、安藤満男が私財を投じ、病院付属施設の一環として作ったもので、営利を度外視して純粋な社会貢献だけを目的としていた。

以前、「孤児院」と呼ばれたこの種の施設において、茜のような純粋な孤児は少数派であった。故あって親が育てられない子や、親からの虐待を避けて避難している子のほうが、断然多いのだ。茜には、母から虐待を受けたという記憶はなく、その点はまだ幸せであったと言えるかもしれない。

ある児童養護施設の虐待事件が明るみに出て、この種の施設がすべて、世間の注目を集めたのは小学校入学前のことである。幼すぎて、事件の概要は理解できなかったが、施設長を始め、保育士、指導員に微妙な変化が現れたのだけは覚えている。当時は、施設に生じた雰囲気の変化をうまく説明できなかったが、高校生になって初めてぴたりとする表現を見つけることができた。

……腫れ物に触るような扱い。

事件の影響を受けて「ふれ愛」に生じた変化は、歓迎すべきものだった。他の施設「ふ 圧倒的に優れていた教育方針が、さらに充実したと言っていい。

たちを集 は、創設者である安藤満男の壮大な実験の場でもある。恵まれない子ども 潤沢な資金にものを言わせて、ほぼ一対一に近い数の保育士、指導員を擁し、たっぷ 愛情をかけ、質の高い養育を施した場合、育った子どもたちは、その後、社会にとってどれほどの貢献を果たすだろうか……、彼の興味はその点に集中した。

潤沢とはいえ、限りある資金をもっとも有効に使う方法は、未来に善を為し得る人材をより多く育成することであると、彼は考えた。

恵まれない子どもたちにお金を恵むという発想ではなく、愛情を注ぎ、機会を与えることにより、社会に恩返しをしたいという気持ちを、まず芽生えさせる。ひとつの施設から、二十人三十人と育て上げ、社会に散った彼らがさらに人材を育てる側に回れば、ねずみ算式に善が増幅されるのではないか。

常日頃から父の理想を聞かされていた孝則は、主賓でもなければ、父の代理でもなく、自分の意思でパーティにやって来て、活動の成果を自分の目で確認しようとした。

茜が、国立大学の教育学部に進学し、奨学金をもらいながら教師を目指すという進路を説明したとき、孝則は、嬉しそうに目を輝かせた。

「来てよかった。父がやろうとしているのが、思いつきの慈善事業、自己満足などではなく、きちんとした社会貢献となっていると確信できました。いい先生になって、崇高な理念を広めてください」

そんなふうに励ましてくれた純真な瞳が、茜は忘れられない。

孝則は、世間一般が、富豪の御曹司に抱く、金持ちのぼんぼんというステレオタイプとはかけはなれていた。しかも、医師一族に育ちながら、芸大で絵を学び、卒業後の勤め先として大手プロダクションが決まっているという。裕福な一家に特有のしがらみから解放されているのは明らかだ。

施設にいて、孝則の父の教育理念に接してきたから、茜にはわかる。随所にちりばめられた創立者一家の慈愛に触れ、その恩恵を充分に得てきたからこそ、茜には、孝則が育ってきた家庭環境を類推できた。オーバーでも何でもなく、茜は、孝則以上の善人を見たことがなかった。

しかし、別世界に育った異種かといえば、そうでもなく、なぜか、初対面のときに、心のヒダにカチッと歯車が合う音を聞いた。

後で聞いたところによれば、孝則も同じ印象を持ったようで、会った瞬間からふたりの間に引力が働いたことになる。

シャワーを浴び終わった茜は、バスマットの上に立って素肌にタオルを滑らせていた。背中、腰、尻(しり)と下がったところで前に回し、腹に触れたとき、茜は、じかに両手の平を当てた。まだせり出す気配もない、ぺったんこの腹だった。ここに新しい命が宿り、育ちつつあると思うと、得も言われぬ幸福感が湧いてくる。

幸福感が高まるにつれ、比例して不安感も大きくなっていった。何もかも、あまりにでき過ぎているような気がするからだ。せめて、孝則の家が、もっと貧しく、平凡であったらよかったのにと、贅沢な願望が頭をもたげる。

　奨学金を得て、アルバイトに精を出しつつ大学を卒業し、教師になった茜の経済感覚からすれば、安藤家の財力は想像を絶していた。

　大学病院の講師として法医学を教えていた孝則の父は、妻の父の死を受けて病院を継ぎ、さらに大きく発展させていた。父方の祖父、母方の祖父ともに医師という家系に育ち、孝則の妹も現在医大に通っている名門一族である。

　人からみれば羨ましいと思うその家庭環境が、今の茜には、ちょっとした脅威だった。

　減ったとはいえ、養護施設で育った者への偏見は厳然としてあった。孝則は、引け目なんて感じる必要はないし、むしろ、孤児という境遇にありながら自力で生活力を身につけた努力を誇るべきであると言う。口先だけではなく、態度でしっかりと表現してくれる。だから、恐れることは何もないとわかっていても、茜は、孝則の両親の出方が心配だった。

　未婚のまま妊娠したのが、結婚を確実にするための戦略と思われはしないかと、危惧するのだ。

……だいじょうぶ、きみと結婚することは、両親とも承知の上だから。

　両親には既に、いずれ茜と結婚するつもりだと、言い含めてあると言う。だから、妊娠が先になったとしても、心配無用と太鼓判を押す孝則であるが、お坊ちゃん育ちの人のよさで、根拠のない楽観に陥っているのではないかと、不安でならない。

……幸福の絶頂にいるときこそ、浮かれていないで、足下をすくわれないよう注意しなくちゃ。

茜は、そう自分に言い聞かせながら、バスタオルを身体に巻く途中で、パジャマがスーツケースに入ったままなのを思い出した。衣類を中心に、生活に必要な品々をスーツケースに詰め、鶴見のアパートから運び込んでいた。パジャマが入ったままのスーツケースは、確か、リビングのテーブルの横にたてかけられているはずだ。

リビングに移動して、視線を巡らせた。わずかに開いたベッドルームのドアの隙間から、スタンドの光が漏れていた。ベッドに横になって、孝則は本でも読んでいるのだろう。

目当ての場所にスーツケースはあった。歩きながら身をかがめようとしたちょうどそのとき、テーブルに置かれたパソコンのディスプレイで、光が揺らめいているのに気づいた。電源が入れっ放しになっていたようだ。

茜の視線は、スーツケースではなく、ディスプレイのほうに吸い寄せられていった。映像を見た瞬間、茜は、はっとして背筋を伸ばしていた。本能は「見るな」と告げていたが、歯止めにはならず、好奇心と怖いもの見たさが相俟(あいま)って、茜の意識はぐいぐいと引き寄せられていった。

ディスプレイには、首にロープを巻いた男が、ごくゆっくりとした速度で上から下にズレていく様子が映し出されていた。オリジナル画像を見ていない茜だったが、画面上に現れた変化の異様さを肌で感じ取ることができる。

フレーム内に身体がすっぽりと収まったところで、下降運動は止まり、男の身体はゆっくりと回転を始めた。

映画かドラマのワンシーンなのだろうか。あるいは孝則が制作中のCG画像かとも思うのだが、匂い立つ生々しさは、娯楽映画の類いにそぐわない。可能性があるとしたら、ホラー映画だけだろう。

今、茜が眺めているのは、身体の一部も欠けることのない男の全身だった。顔が見えているのだが、両目が目隠しで覆われているため、表情が不明のまま、茜のほうに背中を向けていった。

……何、これ。

絵柄の意味するところが徐々に呑み込めてくる。男は、ロープを首に巻いて、首吊り自殺をした直後らしい。両手をだらりと下げ、両方の爪先に痙攣が走っていた。呼吸が止まり、心臓も止まろうとしている。この時点でまだ意識が残っているかどうかわからない。

股間に広がりつつある黒い染みだけが、かつて生きていたことの証しだった。

男の身体はゆっくりと回転して、再び茜のほうに正面を向けようとしていた。正面から茜と対峙する直前、頃合いを見計らうように、目隠しがはらりと落ち、男は茜の前に死に顔を晒した。

白目をむいた眼球のゆったりとした動きに呼応して瞳孔が瞼の上縁を嘗め、半開きの口から垂れる唾液が顎の横で止まっていた。

顔を見た瞬間、茜は、短く「ひっ」と声を上げ、喉を詰まらせた。画像の変化が不自然で奇妙だったからではない。男の顔に見覚えがあったからだ。思わず手で両目を覆っていたが、もう遅い。意識の底に封印された記憶が釣り上げられていく。ルアーに食らいついた深海魚が海面を破って空に跳び出すように、過去の記憶が意識の表層へと躍り出て、強烈な圧迫をもたらした。

草に覆われた山の斜面、湿った大地の感触、ぷーんと鼻をつく土の臭い……。

腰から下の力が抜け、茜は、両膝をドスンと絨毯に落として気を失いかけた。

……倒れちゃ、ダメ。

必死の思いで意識を保とうとする。気絶して倒れたりすれば、また救急車が呼ばれ、病院に運ばれてしまう。この部屋に居続けたかった。救急車のサイレンは、幸福な未来に水を差す、不吉な響きにほかならない。

茜は、テーブルの上に両腕を投げ出し、どうにか上半身だけを支えた。

テーブルに頬をつけて薄く目を開いた先には、まだ、男の顔がある。

十二歳の頃、茜は、この男に引きずり回され、殺されかけた。

4

ベッドに横たわって、孝則は考えていた。

……一体、どんな解釈があり得るのだろうか。

シャワーの音に混じって茜の鼻歌が聞こえてくると、孝則の真剣さはさらに増した。茜から、不安な気持ちを取り除き、代わりに安寧を与えたかった。そのためには、根拠のある理由が必要である。にもかかわらず、説得力のある解釈を思いつけずにいる。

一体、自分以外のだれが、茜の携帯電話に、GPSの探索機能を忍ばせ得たのか……。

茜の動揺は、見ているほうが苦しくなるほど激しく、気を鎮めるのを優先させて、つい口から嘘が出てしまった。まず、心を穏やかに保ち、時間稼ぎをした上で、もっともらしい理由を考えようとしたのだが、方法が何も思いつかない。まずいのは、GPSによる探索が事実だとすれば、見知らぬ男につけ狙われているという茜の訴えもまた、事実になってしまうことだ。

いつの間にかシャワーの音が消えていた。茜はバスルームから上がったようである。

孝則は、携帯電話のGPS機能について詳しい人間に相談してみようと思いついた。スタジオ・オズの同僚ディレクターである水上（みなかみ）なら、この方面の情報に長（た）けている。いいアドバイスが得られるかもしれないと、頭頂部が禿（は）げ上がった彼の顔を思い浮かべたとき、リビングルームのほうからドスンとくぐもった音が響いた。

孝則は、単純に、壁際に立て掛けられたスーツケースが倒れたと思い込んだ。

昨日、鶴見のアパートから運び込んだスーツケースは重く、茜ひとりの力ではびくとも動かなかった。驚いたのは、その重さではなく、衣類のほぼすべてがスーツケースに収まってしまったことである。たった一個のスーツケースが、質素でつましい生活を象徴していた。

「ふれ愛」で暮らしているとき、衣服、靴、バッグなど、生活に必要な品のほとんどは無料で支給されていた。無料である以上、個人の好みはあまり反映されず、地味なものばかりだった。自活するようになっても、長年培われた習慣は抜けず、茜の購買意欲は最低限にとどめられたままだ。

孝則は、そんな茜が愛（いと）しくてならない。

育った家庭環境のせいか、孝則がこれまで出会ってきた知人友人の多くは、裕福な階層に属した。豪邸に住み、高級車に乗り、身に着けるものは高級ブランドばかりだった。学生時代に付き合ったピアノ科の女子学生は、パリに買い物に出かけた母が、高級ブランドの新作を棚ごと買ってきたと自慢気に話したものだ。いくら容姿と才能に恵まれてはいても、贅沢（ぜいたく）で放縦な生活が鼻につき、交際が長続きすることはなかった。

茜は、これまで孝則が見てきたどんなタイプの女性とも違っていた。スーツケース一個に収まる衣類で、質素な美しさを保ち、世界を軽々と遊弋（ゆうよく）する。警戒心が強く、臆病（おくびょう）なところもあるが、芯（しん）はしっかりしていた。意志の力はむしろ強固といえるだろう。

そんな茜が、今、何に怯（おび）えているのか、孝則には手に取るようにわかった。結婚前に妊娠してしまった事態に、孝則の両親がどう反応するか、不安に感じているのだ。偏見にとらわれない、理解ある両親と認めつつ、最後の最後で足をすくわれるのではないかと、怯えている。幸福なだけに、紙一重の距離にある陥穽（かんせい）に目を光らせ、いたずらに神経を疲弊させているのだ。

両親は、孝則の選んだ道に異を唱えることはないと、いくら説明しても、茜は、納得できないでいるようだ。

子どもの頃から、孝則は大いなる自由を享受してきた。何事も自分の裁量で判断し、決断することができた。総合病院を経営する医師の一家に育ちながらも、医学部進学を強制されず、芸大に進学できたのはその最たるものだ。その流れに従えば、孝則が選んだ女性に両親が文句をつけるはずはない。ただ、いかにも腫れ物に触るような両親の態度が、どこから派生しているのか、自分自身理由がわからないために、茜を説得できずにいる。

……なぜだろう。

心の奥底を眺めると、得体の知れぬつかみ所のない部分が、確かにあった。似たような闇を、茜も抱えていて、それが、例の音の本質なのかもしれないと、ときどき思う。「ふれ愛」一期生の巣立ちを祝うパーティで、孝則は、茜を一目見て、カチリと歯車が合う音を聞いた。茜も同様の感覚を持ったらしく、初対面の第一印象を、「カチッと歯車が合う音を聞いた」という譬えで表現するのを目の当たりにして、孝則は驚愕したものだ。ここまでメタファーが一致するのは、偶然を通り越しているような気がする。

両者とも、相手の心の内側に、同質の匂いを嗅ぎ当てたということなのだろうが、その正体が何かという点になると、まだ手探り状態であった。

孝則は、読みかけの本をナイトテーブルに置き、照明を絞った。

薄暗くなるとともに、静けさが際立ってきた。そこで初めて、音がしないことに孝則は気づいた。ついさっき、リビングのほうからドスンという音が響いて以来、人間が動く気配が消えている。

孝則は、ふと嫌な予感に襲われて、反動をつけてベッドから起き上がり、リビングに飛び込んでいった。

入ってすぐに孝則が見たのは、テーブルの縁に指を引っ掛け、すがりつくように身を支える茜の姿だった。

一見して、学校の校門付近で倒れたときと同じ発作に襲われたと思ったが、症状は違うようだ。

駆け寄ると同時に、茜は、孝則の腕の中に倒れ込んできた。そのまま抱き上げ、傍らのソファに運んで身体を横たえた。ショック症状に陥っているらしいが、意識ははっきりしていた。まばたきを繰り返し、瞳孔が目まぐるしく動いていた。首筋から顎にかけて冷や汗で濡れ、脈拍が速い。

孝則は、キッチンから、グラスに注いだ水を取ってきて、茜に飲ませた。

「だいじょうぶか。救急車、呼ぼうか」

孝則が訊くと、茜は必死の形相で首を横に振った。

「お願い、やめて。だいじょうぶだから」

そして、顔をそむけたまま、テーブル上のパソコンを指差した。

デスクトップのディスプレイに光がゆらめいているのがわかった。ついさっき、バスルームに入った茜を見送った後、パソコンの電源を落としたはずなのに、いつの間にか再起動している。

茜は、精神的なショックを与えた源として、パソコンを指しているに違いない。

孝則は、ディスプレイの前に回り込んで、画面を見た。

首吊り自殺を遂げた男が、画面をフルに使ってその全身を晒していた。夕方に見たとき、爪先はフレームのもっと上にあったが、身体全体がさらに下にズレている。おまけに、目隠しが落ちてあらわになった顔をわずかに傾げ、正面に向けていた。

パソコンに保存された映像が、ごくわずかずつ変化を遂げていたら、いつかこんなことになりはしないか予期するところもあった。しかし、明らかな変化を眼前にして、うろたえないように必死で耐える自分に、孝則は驚いた。理由ははっきりしている。精神が衰弱している茜の前だからこそ、敢えて強く振る舞わねばならない。両者とも崩れたりしたら、底無しの沼に落ちていく。

孝則は、正面から男の顔を見据えていた。どこかで一度会ったことがあるような気がするのだが、思い出せない。出会っていたとしても、ここ二、三年というレベルではない。もっと、遠い昔のことだ。

「柏田……、柏田よ、その男」

茜が、呻くようにそう言うのを聞いて、はっとした。

「そうか。柏田か」

顔に見覚えがあるのも無理からぬことだ。

連続少女誘拐殺人犯の柏田死刑囚は、十年ばかり前に一大センセーションを起こしていた。逮捕当時、新聞、テレビで彼の顔を見ない日はなかった。だから、顔を知っていて当然なのだが、釈然としないのは、「この男を見たことがある」のではなく、「一度会ったことがある」という印象を拭えないことだ。事件当時、孝則は高校生だった。その頃、テレビで柏田の顔を見て、やはり「どこかで会ったことがある」と感じたことを思い出した。

柏田が最初の犯行に及んだのは二〇〇三年六月のことだった。翌年九月に逮捕されるまでの一年三か月間に、彼は、十歳前後の少女を四人誘拐し、連れ回した揚げ句、殺害している。

逮捕されてから、精神鑑定が幾度となく持たれ、犯行時の精神状態が取り沙汰され、責任能力の有無が問われた。医師によって鑑定結果は異なり、性的倒錯、人格障害の域を出るものではないと判断され、検察側は起訴に踏み切った。

精神鑑定と公判が維持される間、柏田はほとんど黙秘を貫いた。むっつりと黙り込む不敵さは、統合失調症の証しとも見えたが、四人の少女を誘拐して殺す残虐行為の主を、心神喪失を理由に無罪にでもしようものなら、検察のメンツはまるつぶれである。社会の敵を糾弾する世論の後押しを受け、検察側は責任能力ありを強硬に主張して有罪に持ち込んで死刑を確定させた。

孝則は、新聞、テレビのニュースで見て、柏田の死刑が確定したのは知っている。しかし、その後どうなったのか……、死刑が執行されたか否かとなると、記憶はおぼつかない。

ネットで検索すれば、死刑に関する情報はすぐに得られる。

ソファの横に跪き、茜を抱き締めていた孝則は、立ち上がってパソコンに歩み寄ろうとしたが、茜は彼の手を決して放そうとはしなかった。怯え方が極端に過ぎるようだった。連続少女誘拐殺人犯の首吊り映像をディスプレイに見たからといって、なぜ、これほど怯えなければならないのか、その理由が孝則にはわからない。

孝則は、茜の顔を間近から覗き込んで、目で問うた。

……何か、特別な理由でもあるのかい？

茜は、じっと見つめる瞳を受け、彼の心を推し量り、恐慌を来している理由について、途切れ途切れに語り始めた。

「わたし、たぶん、この男に、殺されかけたのだと、思う」

自分の体験を語る口調ではなかった。意識の底に封印された遠い記憶が、急激に立ち上がってくるとき、どこか他人事のように感じるものだ。

茜は、別の少女の恐怖体験を語ろうとするかのように、遠くに目を泳がせている。

「まさか……」

　孝則は思い出していた。柏田が逮捕されたのは、五人目の少女を連れ回して殺す寸前のことではなかったか。住民の通報を受け、際どいところで発見されたおかげで、柏田は現行犯逮捕され、少女は最後の犠牲者になるのを免れたのだ。

……もしかして、五人目の犠牲者になりかけたのが、茜。

「まさか、きみが、五人目の、被害者だったのかい？」

　孝則が、噛んで含めるように訊くと、茜は、喉の奥から、声を絞り出した。

「よく覚えてないのよ。記憶が、斑模様になっていて。『ふれ愛』の先生たちは、事件後、腫れ物に触るような態度で、接するようになった。事件に関連する記事や写真の類いは、すべてわたしの周りから取り除かれてしまった。周囲には箝口令が敷かれた。だから、わたしは、たぶん、みんなの気持ちを察して、忘れようとしたのだと思う。でも、この男の顔は忘れることができない。すぐ近くから見たんだもの。柔らかな草の上に顔を押しつけられ、たっぷりと水を含んだ土の臭いが、鼻に……」

　断片であっても、身体の全細胞に擦り込まれた記憶を喚起させる生々しさがあった。吐き気を覚え、茜は両手を口で押さえ、喉の奥を詰まらせた。

　極度の恐怖体験をした場合、正常な精神を保つために、人間は無意識の領域に記憶を押し込めてしまうという。茜の精神は、耐えられない現実を、忘却の彼方に押しやろうとしたのだ。

茜は、唾を飲み込んで、どうにか吐き気に耐えた。

「だいじょうぶだよ、こいつは、もういない」

縋りついてくる手を両手で受け止め、孝則は、茜の耳許でそう囁き、細い身体を抱き締めた。

抱き締めているうち、間歇的な痙攣が徐々におさまり、恒常的な細かい震えに代わっていった。

奇妙な映像ではあるが、首吊り自殺の実況中継画像が存在する状況を鑑みれば、既に死刑が執行されている可能性が高い。その事実を確認し、茜に知らせてあげれば、少しは安心するだろう。

孝則は、茜の手を振りほどき、立ち上がってパソコンに向かった。インターネットで、「柏田事件」を検索すると、該当する項目が多数出てきた。「柏田死刑囚の死刑執行」というタイトルもいくつか見られる。

……間違いない、死刑は執行されている。

孝則は、その確信を深めて、項目のひとつを画面に呼び出した。

「五月十九日、午前十時四分。東京拘置所にて、連続少女誘拐殺人犯、柏田誠二の死刑が執行された……」

孝則が驚いたのは死刑執行の日時だった。今から約一か月前の、五月十九日午前十時四分。

同じ日時が、孝則の記憶にはっきりと刻まれている。今、茜の子宮に育ちつつある命が宿る原因となった行為を終えた直後、枕元の時計は同じ時刻を示していた。

混乱しそうになる頭を押さえながら、孝則は一か月ばかり前、茜とふたりで過ごした温泉宿の情景を思い浮かべていた。

5

一か月ばかり前のことだった……。

翌週の土曜に行われる運動会の代わりに月曜が休みになると茜が告げると、孝則は、ドライブに行こうと言い出した。根を詰めた仕事が続き、のんびり温泉に浸かりたい気分の茜は、すぐに賛成して、ふたりは一泊旅行の計画を立てた。

目的地として選んだのは、田園風景の中に建つ一軒宿だった。旅館が密集する温泉街の雰囲気も好きだったが、そのときのふたりの気分は、ひっそりとした一軒宿に向いていた。

三島で新幹線を降り、駅前のレンタカーオフィスでコンパクトカーを借りた。

リアシートに荷物を置き、助手席に乗り込んだ茜は、すぐにカーナビの画面を操作し始めた。

「孝くん、今から行く旅館の電話番号教えて」

プリントアウトされた予約確認票が手渡されると、茜は、目的地の電話番号を嬉しそうに入力していった。

人差し指で画面をつつく仕草をかわいいと思いつつ、孝則は、わざと顔をしかめた。

「おいおい、だいじょうぶだよ。そんなものに頼らなくても、目的地に行けるって」

孝則は、カーナビに頼って運転するのが好きではなかった。その先を右に曲がれ、左に曲がれと、機械に指図されるたびに、うんざりする。運転免許を持たない茜は、役に立ちたいという気持ちが先走り、目的地設定を終えて自慢気に膝を叩いた。

「はい、これで迷子にはなりません」

孝則は、苦笑いを浮かべつつ、車を発進させた。

五月の日差しは強く、夏の陽気を思わせた。ところどころ重なって雲は黒い部分をつくり、天城山の峰を舐めるように動いていた。

国道を南下し、熱函道路を左折してしばらく行くと、道路沿いに今晩泊まる予定の旅館の看板が出現し始めた。

カーナビに登録されているため、看板に頼らずとも行けるはずだった。ところが、どうも看板の表示と、カーナビの案内が違うような気がしてきた。

酒屋の角に「＊＊温泉右折」という道案内を発見すると、茜は、声を上げた。

「あ、そこ、右」

右折の矢印信号が青だったこともあり、孝則は思わずハンドルを右に切った後、ぽつりと呟いた。

「あれ、変だぞ」

カーナビの案内と、現在走行中の場所がはっきり違ってきたのは、ここからだった。カーナビの案内はそのまま直進であり、Ｕターンを勧めるモニターの声はどこか切羽詰まった響きがあった。

Ｕターンしようかしまいか、迷いながら進むと、五分もかからず、目的の温泉宿に到着した。

庭先からのどかな田園を見渡す一軒宿であり、予約した旅館に間違いなかった。入力した電話番号も合っている。

エンジンを切る前に、もう一度モニターを覗き込んだ。目的地を示す旗は、五キロばかり離れた山間に立っている。

キィを回して、抜き取ると、映像は消えた。

「入力した情報、間違っていたんじゃないか。茜のせいだな」

冗談混じりに孝則が言うと、茜も黙っていなかった。

「ドライバーが悪いんじゃない。孝くん、おかしな電波出してたでしょ」

そのときはまだ、カーナビの誤作動だろうと、あまり気にすることもなかった。

チェックインしたのは午後の三時をわずかに過ぎる頃だった。思ったよりずっと早く着いたため、のんびり露天風呂に浸かったとしても、夕食までの時間を持て余してしまう。ならば、軽くドライブしようということになり、再度車に乗り込んで付近の観光名所をカーナビで探しているうち、茜が提案してきた。

「ねえ、今から、ここに行ってみない？」

茜は、自分で登録した目的地の旗を爪の先でつついた。看板を頼りに走ってきて、車は無事目的地に着いた。となると、当初、カーナビが案内しようとした目的地は、どこだったのだろうと興味が湧いたらしい。

言われてみれば確かに気になるところだった。

「そいつは、おもしろそうだ。行ってみよう」

孝則はふたつ返事で賛成し、車を発進させようとして、ふと思いつき、今いる場所を帰りの目的地として登録し直した。山の道は入り組んでいる。帰路、宿までの道がわからなくなることを恐れたのだ。

今度は、素直にカーナビの案内に従って走った。音声案内に導かれるまま、しばらく山道を走り、小さな集落の先のヘアピンカーブを抜けて坂を上ると、道はまっすぐになった。

右側が河原、左が鬱蒼とした灌木に覆われた山肌、という風景が続いた。

「この先、左に曲がります」

モニターの矢印は、県道をはずれて一旦左に折れて、山を上るコースを指していた。

手前の角に、白いパネルに黒いペンキで書かれた道路案内が立っていた。

「南箱根パシフィックランド」

そこが、カーナビに導かれ、連れて行かれる目的地のようだ。

畑を横切ってカーブのきつい坂道を上り続けると、両側に「南箱根パシフィックランド」の建て売り別荘が現れ始めた。窓を開けると高原のさわやかな風が吹き込んで、初夏を予感させてくれる。テニスコートでもあるのか、右下のほうからポーンポーンとボールを打つ音が聞こえてきた。その手前にインフォメーションセンターがあったが、カーナビの目的地が示すのはさらに先だった。

孝則は、左にカーブする道へと車を進めていった。

目的地が間近なのは、モニターを見れば明らかだ。カーナビの音声案内も、「目的地周辺です」と幾分明るい声を上げるようになった。

声に促されて速度を落とし、モニター画面を詳細にして位置を確認した。

目的地は、斜め右前方にあって、進むほど徐々に迫ってきた。なだらかな山の斜面の、フロントガラスを通して見える範囲に、施設らしい建物の影はなかった。

なんとなく、眺めている風景に寂寥感が漂い始めてきた。理由もなく、何か、変だと感じる。見える範囲に何も現れないどころか、逆に、寂しくなっていくのだ。一体、どこに導かれようとしているのだろう。

「目的地周辺です」

旗がすぐ右手に来たところで車を停止させ、そちらの方向に視線を投げた。茜もまったく同じ動きで顔を巡らせている。

灌木がきれいに切り払われ、草に覆われた山の地肌があらわになっていた。ゆったりとした下り勾配の原っぱ……、ほかに言い様がなかった。孝則はモニターを拡大させた。目的地を示す旗が立っているのはすぐ右手であり、道路から二十メートルばかりの距離にあった。運転席に座ったままでは、斜面を見下ろすことができず、孝則は、シートベルトをはずして車から降りようとした。

「やめて」

茜の手が伸びてきて、孝則の手を摑んだ。右側の風景にばかり気をとられて、助手席に座る茜に注意を向けることはなかった。ついさっきまで明るくはしゃいでいたのが嘘のように、茜は、肩をすぼめて身を震わせていた。

「すぐに戻るから、待っていて」

孝則は、茜の懇願を聞き入れるより、車外に出るほうを選んだ。目的地が何なのか確認しなければという、義務感にも似た感情に支配されていた。カーナビの誤作動であったと片付けるのは簡単だ。しかし、導き手の意図が善と悪の、どちら側にあるのかまだわからない。悪意から出ているものなら、もちろん近寄りはしないが、善意の源を否定する根拠もなかった。

ドアを開けて表に立つと、視界が高くなったせいでより広範囲を見渡すことができた。

今は取り払われてしまったが、以前、ここには何らかの施設があったようだ。建造物があった痕跡が、あちこちに残っている。基礎工事を必要とする大掛かりな施設ではなく、バンガローやバラックなどの類いと思われた。道路と原っぱの境に並べられたコンクリート製のブロックも、痕跡のひとつだ。

コンクリート片に交じって木製のプレートがあり、表面には文字が刻まれていた。拾わずに、孝則は腰をかがめて、プレートに顔を近づけた。

「ビラ・ロッグキャビン」

かつて建っていた施設名のようだ。

ちょっとした瓦礫の山を乗り越え、孝則は、草に覆われた斜面に一歩を踏み出した。

アスファルトの硬さから、柔らかな土の上への移動……。思った以上に足は沈み込み、水脈の存在をその下に感じることができた。近くに沼でもあるのかもしれない。草の下にあるのは、水分をたっぷりと含んだ土だ。

ゆっくり降りようとして勢いがつき、つんのめるように十数歩進んだところで、孝則は足を止めた。止めようと意識したわけではない。細胞から総動員された五感に第六感が加わり、重力に逆らって身体の動きを止められたのだ。

正面には、大地から数十センチの高さで張り出た円筒形の物体があった。根のすぐ上で切り倒された太い切り株のような形状をしていて、その周囲では土の臭いが特に強い。

表面に苔や雑草が付着し、柔らかな大地に根を生やしているように見えたが、レンガ状に積み上げられた石の上部にはコンクリートの蓋が被せられ、ずしりと重さを感じさせた。

伸ばせば、手の届く距離に、古井戸があった。

無意識のうちに、孝則は、一歩二歩と後退していた。蓋の下のわずかな隙間から染み出る妖気が、足下から漂ってきた。何人たりとも接近は許さぬという、断固たる空気に押し戻され、孝則は、さらに二歩三歩と後退した。

太陽は西に傾きつつあったが、斜面にはまだたっぷりと日差しが降り注いでいる。

天候には、寒いと思わせる要素はどこにもない。ただひとつ、正面にあって、地面から屹立する、丈の低い、古井戸のみが、見る者の体温を奪うのだ。

左右の手で互いの前腕をさすり、ざらついた皮膚の感触を得るや、悪寒は全身へと波及していった。

孝則は、くるりと古井戸に背を向け、猛然と斜面を上がり始めた。

車に辿り着き、ドアを開け、運転席に滑り込んで、茜に声をかけた。

「さ、行こう」

返事はなかった。助手席を見ると、茜は顔面蒼白で震えている。古井戸を見たわけでもないのに、何に反応しているのかわからなかった。早急にこの場を去るにしかずだ。孝則は、シフトをドライブモードに変えながら、帰路を確認しようとして、カーナビの画面に顔を近づけていった。

思わず、「あ」と声を上げていた。

旅館の駐車場から出発しようとして、現在位置を登録したはずなのに、またもや違う場所に、目的地の旗が立っているのだ。

本来なら、旗が立っているのは、チェックインした温泉旅館の駐車場でなければならない。にもかかわらず、山道に沿って流れる川の向こう岸に、目的地の旗が立っていた。付近に橋もなければ、道路もない。行こうとして行けない場所なのは、モニターを見ただけでわかる。

　またしても、カーナビは、孝則と茜をどこか別の場所に案内しようとしていた。判断に迷うところだった。いやがうえにも不気味さは増している。このまま帰るべきか、カーナビの案内を確認すべきなのか。

　好奇心と気味悪さが相半ばし、判断に迷うところだった。

　孝則は、事情を話し、茜の判断を仰ごうとした。彼女がどうしても嫌だと言えば、カーナビには従わないで、まっすぐ宿に戻るつもりだった。一度走ってきた道だから、地図がなくても帰ることはできる。

　ところが彼女はこう答えた。

「行ってみるしか、なさそうね」

　投げやりな言い方に聞こえた。それとも、事の成り行きを見届けたいという気持ちが勝ったのだろうか。

　モニター上に、次の目的地として旗が立っているのは、今いる場所と温泉旅館のほぼ中間地点だった。カーナビの案内は山道を迂回(うかい)するルートを取り、来たときとは別であり、こちらのほうが幾分近道となる。

　すぐ右側に目的地がきたところで、孝則は、車を道のふくらみに停めた。予想した通り、そこは川のほとりで、橋はなく、向こう岸に渡ることはできない。

「おれ、ちょっと見てくるけど、きみはどうする？」

茜は首を横に振って答えた。

「ふたりで行くことはないと思う。孝くんに任せる」

モニター映像の位置関係をしっかり頭にたたき込んだ上で、孝則は車外に出て道路を横切り、川のほとりに立った。

川を挟んで向こう側の山の斜面に、ほぼ同じ高さの杉の木が並んでいた。旗が立っていたのは、川から数メートル上のあたりだった。

周囲よりも頭ひとつ抜け出して威圧する背の高い杉の木があり、その位置と、モニター上の旗の位置が一致しているのがわかった。

風が吹き、杉の梢は一斉に同方向に靡いたが、背の高い杉だけは我関せずといった風体で、周囲を睥睨していた。

孝則は、視線を下ろしていった。杉の幹を伝わって、その根元まで視線を落としたところ、自然の山肌にそぐわぬ人工のブルーが目についた。

風を受けて端がめくれ上がり、杉の根元でひらひらと揺れているのは、工事現場でよく見掛けるブルーシートで、目的地の旗が立っているのは、まさしくそこだった。

それはまた、殺人等の犯罪があった場所でもときどき見かける。

木の根元には死体が埋められている……、だから、その養分を吸って一本の杉の木だけ頭ひとつ高く生長してしまった。

おいでおいでと手招きするブルーシートのはためきは、土中に埋められた魂の意思……。


孝則は、そんなイメージを抱きつつ目を閉じ、三秒数えて目を開いた。杉の根元から鮮やかなブルーは消え、茶褐色の腐葉土が下草の隙間からのぞいていた。

風景をしっかりと見届け、瞼の裏に焼きつけて車に戻ると、茜が助手席から身を乗り出してきた。

「何が、あったの?」

どう答えていいかわからなかった。山の斜面の下草に車が放棄されていたら、「車があった」と言える。しかし、孝則の見た風景で印象に残っているのは、一群から抜き出て背の高い杉の木と、その根元ではためくブルーシートだけであった。ブルーシートは、現実にそこに存在するものではなく、幻覚であると承知していた。過去に、どこかで見た映像とオーバーラップして、現実の風景が歪められていたのだ。

「何もなかったよ」

イメージの中身を答えることはできず、苦し紛れにそう言うと、茜は、溜め息とともに安心の表情を取り戻していった。

時刻は午後四時半をまわっていた。初夏の陽は長く、夕暮れまでにはまだ時間がある。

といっても、カーナビが案内しようとしていた場所の確認を終えた以上、あとは一路、宿に戻るだけだ。

温泉旅館まで五分もかからない距離にあった。その短い時間の中、茜は、ずっと喋り続けた。孝則は、これほど饒舌な茜を見るのは初めてだった。普段は、人が喋った内容を受け、きちんと対応していくのに、会話の脈絡を無視する、ひとりよがりなお喋りが続いた。

孝則は、生返事を繰り返しながら、考え続けた。カーナビが誤作動を起こしたのは、単なる偶然なのか、それとも未来に起ることの予兆なのかどうか。

大切なのは、この不可思議な現象に意味があるのなら、見逃すことなく、真意を読み解くことだ。

孝則の直感は、偶然では有り得ないと告げていた。

旅館に戻るとすぐ、ふたり揃って露天風呂に出かけた。こんこんと湧き出る源泉も、カーナビに導かれた先で植えつけられたふたつの光景を、洗い流すことはなかった。

6

あれから一か月以上が経過していた。原っぱの叢から顔を出す古井戸と、川向こういた。

の背の高い杉の木に、どんな意味も当てはめることができず、風景の鮮度は薄まっていた。

場所がどこなのかはっきり覚えている。もう一度行こうとして、簡単に行ける場所だ。行けば、同じ場所に古井戸は発見できる。しかし、杉の根元に敷かれたブルーシートを見ることはない。孝則には、現実と幻想の区別ができていた。

今、柏田死刑囚について記された情報を前に、孝則が拘泥するのは、ふたつの風景の不自然さではなかった。翌朝に持たれた行為のほうに比重は移されている。交わされた行為の結果が、現に今、茜の子宮にいるのだから、これは現実である。

生理の周期から計算しても、デートの間隔から計算しても、間違いはなかった。妊娠した原因は、旅館をチェックアウトする間際に抱き合ったことにあった。

翌日、食事処で遅めの朝食をとって部屋に戻り、敷かれたままになっていた布団に横たわって互いの身体に触れるうちに抱き合い、終わったところで枕元のデジタル時計を見た。

十時というチェックアウト時間を気にしていたため、終わったときの時刻は脳裏に焼き付いていた。

……十時四分。

同じ日時を、今、ディスプレイの中で見ている。

「五月十九日、午前十時四分。東京拘置所にて、連続少女誘拐殺人犯、柏田誠二の死刑が執行された……」

いつの間にソファから起きたのか、茜が、横に立って、同じ画面にじっと目を凝らしていた。

考えなければならないことがたくさんあって、孝則の頭脳はショートしかけていた。茜が、ディスプレイに並んだ情報から何を読み取ろうとしているのか、忖度している余裕などなかった。柏田の死刑執行時刻と、茜を抱き終えた時刻の一致に、意味があるのかどうか、必死で考えなければならない。

ヒントが、柏田事件の経緯に隠されているかもしれないと思いつき、孝則はディスプレイの内容をプリントアウトに回した。

その間に、茜をソファに導き、柏田の情報から目を逸らさせた。単なる情報であっても、柏田から遠ざけておきたかった。

プリントアウトが完了したのを見て、孝則はテーブルに移動し、記事を読み始めた。

事件が起こったのは、今から十年以上前のことだ。当時まだ高校生だったこともあり、詳細はあらかた忘れていた。読んでいるうちに、ニュース報道をするキャスターの表情や口調、事件を取り巻くニュアンスが思い出されてくる。

「柏田誠二は、東京、神奈川、静岡、千葉にまたがる連続少女誘拐殺人事件の容疑者として逮捕、起訴され、死刑判決が確定し、執行された人物である……」

孝則は、柏田の生い立ちや家族構成に関しての記述を軽く読み飛ばして、初回の事件を記している箇所に行き当たって、読むのを中断した。

「2003年、7月28日、最初の犠牲者（11歳）の死体は、静岡県函南平井(かんなみひらい)＊＊の川のほとりから発見された」

そこで停止したまま、先を読み進むことができなかった。視線は、同じ文章を何度も何度も往復している。

ピンとくるものがあった。孝則は、柏田の情報を一旦(いったん)横に起き、ディスプレイに地図を呼び出した。

一か月前に茜とふたりで泊まった温泉旅館から、カーナビに導かれて走ったコースを、もう一度、地図の上で辿(たど)ってみる。函南町の平井……、間違いない、二度目の目的地として、カーナビが勝手に登録した場所には、高い杉の木があった。

孝則の脳裏には、ニュース画像がフラッシュバックする。

川のほとりにある山の斜面、杉の根元を覆うブルーシート、その周囲で検分する捜査員たち……。脳裏を駆け巡る鮮明な映像に、女性アナウンサーの声がかぶさった。

「本日、午後四時三十分、静岡県函南町にある山道で少女の遺体が発見されました。捜査当局は殺人と断定して……」

孝則は自分の勘が正しかったことを知った。記憶の深部に残っていた十年以上前のニュース映像が、同じ景色を目の当たりにして蘇り、ブルーシートの幻想を見せたのだ。

カーナビの誤作動によって導かれたふたつ目の地点が、最初の犠牲者が発見された場所だとすると、ひとつ目の古井戸は、どういった位置づけとなるのか。やはり柏田事件と関係のある場所だろうという推測が成り立つ。

孝則は、猛然と先を読み進め、答えを探した。南箱根パシフィックランドのはずれにある古井戸は、何人目かの犠牲者が遺棄された場所に違いない。

しかし、二番目の犠牲者発見場所は神奈川県の三浦市、三番目は東京都八王子市、四番目は千葉県鴨川市、五番目は……。

孝則は資料から顔を上げた。茜はソファに横たわって、両手を組んで胸の上に置いている。軽く上下する胸が、生きていることの証しだった。

……何をばかな。五番目の犠牲者はいない。茜は、すんでのところで魔手から逃れたのだ。

孝則は資料に目を戻して、柏田が現行犯逮捕されたときの状況を読んでいった。

「静岡県熱海市上多賀のみかん畑にて、住民からの通報を受けて駆け付けた熱海署の警察官が、少女を抱えて灌木に身を潜める柏田を発見、これを現行犯逮捕する……」

孝則は、再度、地図を立ち上げて逮捕場所を確認した。

熱海市上多賀から南箱根パシフィックランドまで、直線距離にして五、六キロである。近いことは近いけれど、古井戸との関連を示す情報は、資料の中からは得られなかった。

……もう一度、現場に行ってみるほかなさそうだ。

もはや傍観者でいるわけにはいかなかった。理由はわからないけれど、柏田事件は、孝則と茜の存在と密接に関わっている。

天井からつり下げられた蠅取り紙に吸い付くように、一見して無関係と思われる事象がより集まってきて、黒い斑点模様を作りつつあった。

発端は一本のUSBメモリに保存された首吊り自殺の実況中継だった。保存されたデータにもかかわらず、実行者は動き始め、正体が連続殺人犯の柏田と知れると、孝則と茜との様々な接点が明示されてきた。茜が、最後の犠牲者になりかけたこと。最初の犠牲者の発見場所が、カーナビに導かれた場所と一致すること。さらに、死刑執行と同時刻に交わされた行為によって、茜が妊娠したこと。

無関係と思われた事象が、一本の蠅取り紙の上にきちんと並んでいたのだ。

問題なのは、酒田清美から米田、米田から孝則にもたらされたUSBメモリに端を発する不思議な現象が、自分たちの身に物理的な影響を及ぼし得るか否かということだ。なんとなく気持ちが悪い、という程度なら答えは簡単、放っておけばいい。しかし、物理的な被害が予想されるとなれば、認識できる範囲の現象を分析し、危険の中身を割り出し、対処法を考えなければならなくなる。

謎を解かない限り、茜との生活は、安寧とはほど遠いものになってしまう。闘いの相手が、実体のある人間である可能性は低い。想像の域を超えた、得体の知れない相手であっても、逃げることはできなかった。

孝則は覚悟を決めていた。これまで甘い人生を送ってきたが、今こそ、男としての性根が試されるときがきたのだ。

7

自転車置き場の小さなスペースは、全部塞がっていた。

駐輪してある自転車を三台ばかり横にずらせば、スペースを作り出せるかもしれないが、億劫でもあり、他人の自転車に触れるのも気が引けたので、孝則は、歩道に駐輪して区役所支所に入っていった。婚姻届と、戸籍謄本を取るだけだから、数分もあれば片づくはずだ。

区役所の支所に入るのは初めてである。住民票すら取ったことがなく、これまで、まったく縁のない場所であった。

　入って周囲を見回していると、丸イスに座っていた案内係の女性が、さっと立ち上がって、「何かお探しですか」と用件を訊いてきた。

「婚姻届の用紙をいただきたいのですが」

　女性はにこやかに笑って、左端のカウンターを指差す。

「そちらのカウンターで受け取れますよ」

　指示されたカウンターに出向いて申請すると、注意事項が記載された用紙、二通の婚姻届、大き目の封筒の三点が手渡された。

　婚姻届の提出には戸籍謄本が必要だろうと、孝則は、さきほどの女性に訊いてみる。

「婚姻届には、戸籍謄本も必要ですよね」

「さあ、遠い昔のことなので、忘れました」

　孝則は、「え」と言葉を詰まらせ、女性の顔をまじまじと見た。六十歳前後の、若い頃はさぞ美人だったろうと思わせる容姿の女性だった。

「すみません。つまらない冗談を言ってしまいました」

　案内係の女性は、破顔一笑して続けた。「戸籍謄本でしたら、ピンクの用紙に必要事項を記入してカウンターに提出してください」

　孝則は、幾分唐突な女性の対応に、つられて笑い声を上げた。嫌な気はしなかった。

明るい気分にしてくれたのだから、むしろ感謝したいくらいだ。

「ありがとう」

お礼を言ってその場を離れ、指示通りピンク色の用紙に住所氏名を書き込んで窓口に提出するとすぐに名前を呼ばれた。窓口のカウンターに座っている女性は、戸籍謄本と封筒を差し出しながら、なんとなく首を傾げるような仕草をした。癖なのか、それとも意味のある行為なのか、わからないまま孝則は証書の料金を払って、戸籍謄本を受け取った。

これで用件は済んだことになる。必要書類を入れたナップザックを背負って、孝則は、駐輪場に向かおうとした。

「お幸せに」

どこからともなく声がかけられ、振り返ると、案内係の女性が笑顔で手を振っていた。

「どうも」

軽く手を上げて挨拶(あいさつ)し、自動ドアを抜けた先にはカフェテリアがあった。

このあと、家に寄ってからスタジオ・オズに顔を出すつもりでいたが、その前に早めの昼食を摂(と)ったほうがいいと思い直し、背負っていたナップザックから手を抜きながら、店内に入っていった。

注文したパスタランチが来るまで本でも読んでいようと、ナップザックを開いて、『闇の向こう』というタイトルの文庫本を取り出しかけた。

『闇の向こう』は、柏田事件の詳細をレポートしたノンフィクションである。著者、木原剛(きはらつよし)は、名の知られたノンフィクションライターであり、公平な取材力、ねちねちと根気強く対象に向かう姿勢、風潮に流されない意見形成などが、業界内で高く評価されていた。

もとはといえば、五、六年前、月刊誌に連載された記事をまとめたもので、執筆当時はまだ柏田の死刑判決は確定していなかった。柏田事件に関するドキュメンタリーは他にもいろいろあった。しかし、質、量ともに、この本の右に出るものはない。

突き付けられた謎を解くための突破口は、柏田事件の全貌(ぜんぼう)を理解すること……、孝則が取ったのはまさに正攻法である。

文庫本に手を伸ばしかけて、孝則の視線は、ついさっき取得したばかりの戸籍謄本に逸(そ)れていった。これまで、自分の戸籍など見たこともなかったため、興味をそそられ、文庫本ではなく、戸籍謄本をつまみ上げた。

左下に花模様のある用紙は二枚重ねで、一枚目の記載はほとんど父と母の項目に割かれている。

父の生年月日、孝則からみて祖父母の名前が記され、その下には母の生年月日と祖父母の名前が並んでいた。
二枚目をめくると、孝則の名前が出てきた。
戸籍に登録されている者。孝則
生年月日。昭和六十一年、二月十七日
父　　安藤満男
母　　安藤諒子
続柄　　長男

その下に記載されている内容は、一読して理解することができなかった。したがって、最初に目を通したときはまだ冷静を保つことができた。

本人の戸籍／従前の身分事項欄

【削除日】平成三年七月二十二日
【削除事項】死亡事項
【削除事由】死亡の記録錯誤につき戸籍訂正許可の裁判確定

【裁判確定日】平成三年七月二日
【申請日】平成三年七月二十二日

【従前の記録】
【死亡日】平成元年　六月十八日
【死亡時刻】午後十時
【死亡地】静岡県土肥町
【届出日】平成元年　十月十一日
【届出人】安藤満男
【除籍日】平成元年　十月十六日

何度も繰り返して読むうち、記載された事項によって意味される中身が、徐々に理解されてくる。解釈はひとつしかないと、認めざるを得なかった。

孝則は平成元年の六月に静岡県土肥付近で死亡し、その四か月後に、父の手で死亡届が出されている。そして平成元年、十月十六日に、戸籍から除かれた。ここまでが従前の記録である。

ところが、その二年後の七月に死亡の錯誤が判明している。しかし、だからといって、簡単に戸籍を戻すわけにはいかず、訂正を許可するか否かの裁判が持たれることになった。平成三年七月二日に、父の訴えが認められ、訂正の許可がおり、同年七月二十二日に従前の記録が削除された。

つまり、孝則は戸籍上、平成元年の六月から平成三年の六月まで、まる二年の間、死んでいたことになる。

孝則は、戸籍謄本から目を上げ、そのまま顔を天井に向けた。おもいっきり空気を吸って、吐き出し、両目をぎゅっと閉じる。

視覚が閉ざされただけで、残りの感覚はしっかり生きているのがわかる。耳も聞こえるし、匂いを嗅ぐこともできる。首筋に爪を立てれば痛みだって感じる。

……どうやら、自分は生きているようだ。

孝則は、両目を開けて、世界がそこにあることを確認した。

「われ思う、ゆえにわれあり」

かつてフランスの哲学者デカルトはそう言った。戸籍を見て、そこに自分の死亡事項を発見した者は、生と死についてどう言えばいいのだろうか。自分の死を吟味している主体が、ここにいるからといって、生きているという保証はどこにもない。

見ている世界がぐにゃりと歪むようだった。ウェートレスによって、テーブルにパスタとサラダのセットが運ばれていたが、いつ来たのかまったく気づかなかった。

さっきまで旺盛だった食欲が完全になくなっていた。逆に、むかむかと胃が暴れそうな気配を示している。

三歳から五歳頃までの二年間、自分が死んでいたという事実を、受け入れる方法があるのなら、だれか教えてほしい。

カーナビで導かれたのは特別に意味のある場所であり、単なる誤作動ではなかった。今回も同様、戸籍謄本の記載ミスと片付けるのは簡単である。しかし、一連の流れが、安易で、場当たり的な解釈を拒否するのだ。

本当に、二年間にわたって、自分が死んでいたのではないかと、思われてならない。米田に勧められて引いた最後のタロットカード「死神」の意味は、「死からの再生」ではなかったか……。「死神」のカードが出たことを、単なる偶然ですますことができるのだろうか。

符号の一致は、一見無関係と思える事象と事象が、裏で繋がっていることを意味する場合が多い。

両親の、腫れ物に触るような態度がどこから来ているのか、ずっと前から気になっていたが、これでようやく、腑に落ちた。一度死んで、生き返っているとしたら、いてくれるだけで有り難いという感情を抱いて、当然だろう。

昨日に抱いたばかりの、闘う相手がだれであっても逃げはしないという覚悟が、崩れていく。爪先から力が抜けていくようだった。床を踏み抜けて、身体が落ちていくようだった。

孝則に必要なのは、確かな生の実感だった。

……お願いだ。だれか、身体を支えてほしい。

孝則は身体をひねって、スモークガラスの向こう側に、さきほどの案内係を捜した。今、手にしている戸籍謄本の内容に関して、にっこり笑いながら、こう言ってほしかった。

「すみません、つまらない冗談を言ってしまいました」

孝則は、すがりつくように、目の端で、案内係の姿を追った。案内係は、あたかも孝則の意図に気づいたかのように、新たな来訪者をカウンターに案内する途中で、一旦、孝則のほうに視線を投げてきた。ガラスを通して孝則と目が合ったのはほんの一瞬のことだった。すぐに、そこにだれもいないかのように、視線は元に戻されていった。

案内係の顔には、ついさっき、場違いな冗談を口にしたときとはうって変わって無機質な表情が浮かんでいた。

「お幸せに」と言った同じ口から、「ご愁傷さま」という言葉が漏れたような気がした。

第三章　リング

1

世間に名の知れたノンフィクション作家に会おうとするとき、どんな服装を選ぶべきか……、孝則は、迷った末、黒のコットンパンツに白のポロシャツ、ダークブルーのジャケットという無難な線でまとめた。自由業という相手の職業を考えれば、スーツにネクタイという格好もどうかと思われた。

地下鉄を新宿で降り、山手線に乗り換えてふたつ目が高田馬場（たかだのばば）だ。事務所の住所は、プリントアウトされた地図の上に記されている。携帯電話の小さなディスプレイではなく、紙に印刷された地図を頼りに歩くほうが、孝則の性に合っていた。高田馬場から歩いて五分もかからない距離に、事務所があるはずだ。

アポイントメントが取れてから、孝則は、ネットや本で、木原剛に関する情報を可能な限り引き出していた。

一九五三年、東京都小平（こだいら）市で生まれた木原は現在六十二歳。W大学第二文学部を卒業後出版社に就職して、ドキュメンタリー関係の本を百冊以上作り、うち五冊をベストセラーにしている。組合問題でもめて退社した後、週刊誌のフリーフイターで食いつなぎながら、人脈を充実させ、犯罪事件を追うノウハウを身につけ、ノンフィクションライターとして独り立ちしていった。

転機となったのは、彼にとって三作目の単行本『神々の誕生』である。

主人公に据えたのは、社会問題を起こした新興宗教団体教祖だった。犯罪と紙一重の行動を取って信仰心の強さを示そうとする信者たちとの葛藤を描き、現代日本が抱える矛盾を世に問おうとした大作で、その年の大宅賞を受賞した。以降、一気に名が知られるようになり、ワイドショーのコメンテイターとしても活躍するようになる。

私生活では、四十七歳のときに十歳年下の居酒屋経営者と結婚し、子どもに恵まれないながら夫婦仲は良好、執筆の合間には厨房に立ち、客に酒を振る舞うのが趣味のひとつでもあるという。

孝則は、テレビに出ている木原剛は知らなかったが、新聞に載った顔写真を一度だけ見たことがあった。

写真は、死刑制度の是非を問うコラムと一緒に掲載されたもので、何よりも、孝則は、彼が書いた内容に心を打たれた。

木原剛は、死刑反対論者だった。出版社にいて、犯罪関係のドキュメントを手がけている頃は、残虐な犯罪を数多く目の当たりにして犯人への憎しみを募らせ、死刑に賛成する立場を保持していたが、フリーになって加害者の人生を深く掘り下げる取材を重ねるうち、死刑反対に傾いていったという。

コラムでは、死刑反対に傾斜していった理由をふたつ挙げていた。

ひとつ目の理由を説明するために、木原は、箱に並んだ百個のリンゴをたとえにつかった。

数はいくつでもいいし、リンゴではなくイチゴでも構わない。たとえば、木箱の中にリンゴが百個並んでいたとする。自然の環境の中に放置すれば、その中のひとつは必ず傷んで腐り始める。最初に腐り始めたリンゴをAとしよう。腐り始めたところで、リンゴAを取り除いていれば、腐敗の伝播を防ぐことができるだろうが、放置しておくと、腐敗は隣のリンゴに及び、被害は増大する。

正常なリンゴは、被害が波及することを未然に防ぐため、腐り始めたリンゴAを隔離する権利を持つと認めるとした場合、その方法はふたつ考えられる。別の箱に移して他のリンゴとの接触を永久に断つ。焼却処分して存在を完全消滅させる。以上のふたつである。

しかし、リンゴAは、自ら希望して腐ったわけではない。百個並んでいればその内のひとつぐらいは腐るという、自然の摂理に従い、他のリンゴの腐敗の可能性をすべてかき集め、ひとりで罪を背負い込んだ結果に過ぎない。正常なリンゴは、最初に腐敗したのが、自分ではなく、Aであったことに安堵し胸を撫で下ろすべきであって、憎しみでこれを打ち据えてはならない。

ところで、百個並んだリンゴがすべて腐らないという社会は可能だろうか。そのためには、強力な防腐剤を多量に撒かざるを得ず、自由、活力、快楽、喜びなどが失われることになる。すべてのリンゴが腐らない社会は、幸福になるチャンスをすべてのリンゴから奪うというジレンマを生む。

自然の摂理に任せて一個が腐る社会を是とするか、厳罰主義のファシズムによって抑圧し、腐敗の芽を事前に摘み採る社会を是とするか。

前者を望むなら、リンゴAの不運に対して、他の正常なリンゴは憎しみを抱くべきではない。むしろ同情、慈悲、憐憫の心をもってこれを隔離すべきである。憎しみを抱いていいのは、リンゴAからの被害を実際に被った関係者のみであり、その個的な感情に、リンゴ箱全体が同調してはならない。

以上が、木原剛が、死刑に反対するひとつ目の理由である。

リンゴの例を人間に用いる前提条件として、人間には意志の自由がほとんど存在しないという点を掲げていたが、紙面が小さく、コラムの中で詳しく論じられてはいなかった。

ふたつ目の理由は、もっと実際的なところにあり、死刑制度が、凶悪犯罪の抑止になっていないという点を挙げていた。

戦前の貧しい日本であったなら、人を殺してお金を奪うという短絡的な犯行動機が有り得た。そのような時代であれば、死刑制度はある程度の抑止効果を持ったかもしれない。未来に待ち受ける極刑は、凶悪犯罪にストップをかけたはずである。

しかし、戦後数十年が過ぎて、強盗強姦(ごうかん)殺人などの凶悪犯罪が激減すると、犯行動機は複雑を極めるようになる。特に、若年層の凶悪犯罪は、生い立ちや家庭環境が複雑に絡んで「心の闇」を形成し、お金を得るためという単純な動機が、成り立たなくなってきた。

あるとき、木原は、殺人を犯した少年の嘆きを聞いて、死刑反対に傾いたという。殺人犯の少年と面会する機会を持ったとき、「きみはまだ少年だから、死刑になることはない」と伝えたところ、少年は、「え」と声を詰まらせ、「死刑にならないのですか」と失望の表情を浮かべたというのだ。

彼は、少年法があることを知らず、殺人を行えばだれでも死刑になるものと思い込んでいた。

なぜ罪を犯したのか、動機を分析するのは、いかなる犯罪者であっても相当に難しい。年端のいかない少年であればなおさらのことで、自身で、正確に動機を見極めるのは至難の業だ。

木原は、観察者の立場だったからこそ、ある程度少年の動機が理解できた。彼は、心のどこかで、自分が死刑になることを望んでいた。

これまでの人生で、明るいスポットライトが当たることはなく、少年はいつも薄暗い片隅に追いやられてきた。母の愛は他の兄弟に注がれ、父親からは暴力の洗礼を受けた。友人はなく、少女から好かれたこともない。最後の最後ぐらい世間を驚かせ、自分が生きてきたという確かな証を見せつけ、華々しく散りたいと望んだとき、その唯一の方法が凶悪犯罪を犯して死刑になることだったのだ。

世界に向かって自分を誇示し、アイデンティティを確立させるための犯行……、木原は、少年の犯罪をそう位置づけた。

死刑になりたいがために凶悪犯罪を犯す者が出現するのであれば、死刑の存在意義が問われて当然である。抑止力を持たないどころか、助長効果を生んでいるといえるのだから……。

高田馬場で山手線を降り、ガードをくぐった先を左手に折れ、木原が書いたコラムの内容を思い出しながら歩いているうち、いつの間にか神田川をまたぐ橋に来ていた。

橋を渡ってすぐ右側に、目当てとするマンションがあった。川に面した三階建てマンションは、アパートと言ったほうがいいかもしれない。

孝則は、死刑制度の是非に関して、旗幟鮮明にしてはいなかった。友人とそのテーマで議論したこともあったが、最後まで、どっちつかずの態度を貫いたものだ。木原のコラムを読んで、強く共感を覚えたのは事実だが、だからといって、死刑反対に傾斜したというわけでもなかった。

ここ二、三日、茜につきまとう不穏な空気を感じてから、ときどき空想することがあった。茜のお腹には、自分の子どもがいる。妻と、子どもに危害を加えようとする者が現れたとしたら、自分はどう対処できるのだろうかと。

妻と子どもが、犯罪者の手にかかって殺された場合、まちがいなく、腹の底から「ぶっ殺してやる」という叫び声を上げるだろう。できることならこの手で殺してやりたいと思うはずだ。その力が自分にないとなれば、法の裁きに頼るほかない。

木原の理念は理解できるし、その通りだと思う。しかし、一方で、社会の構成員ひとりひとりが、被害者の立場を想像して激しい憤りを覚えて、死刑に賛成したくなる心情を、ごく自然なものと感じる自分がいる。被害者や関係者が発する憎しみの波長に、社会全体が共振するのは無理からぬことだ。

木原の理想は、一歩高みに立たなければ、実現できそうになかった。二次元平面を隈なく見渡すためには、三次元の高みからの視点が必要なのと同様、個が抱える執着を捨て、世界全体を公平に見渡す能力が必要となる。

それは、神の視点に近く、社会の構成員すべてに要求するのは無理があるのではないか。清濁混じり合った現実界にいる以上、悟性と情動、理想と現実の間で揺れるのは当然であり、死刑制度の是非について、簡単に答えは出ないだろう。

橋の中程で歩みを止め、孝則は腕時計を見た。思った通り、指定された時間より五分ほど早い。木原が孝則のために割こうと約束してくれたのは、午前十一時から正午までの一時間である。早く着き過ぎるのも約束違反だ。

欄干に両手をついて上半身を折り、時間つぶしのために、川面を覗き込んでみた。コンクリートで護岸された浅い流れのところどころに黒いヘドロが溜まっていた。川の上流に視線を延ばすと、山手線の鉄橋のさらに上、ビルに切り取られた小さな空に夏の雲が斑模様を作っているのが見えた。

孝則は、屈めていた上半身を伸ばそうとして、両腕を空に掲げる姿勢を取った。いくら手を高く伸ばしても、空に浮かぶ雲を摑むことはできない。同様に、川に手を入れて黒い澱みを摑むこともできない。なぜか、そんな想念が湧いたとたん、背筋を悪寒が走り抜けた。

悪寒は、はっきりとした恐怖を形成しつつあったが、最初のうち、その源がどこから来るのかわからなかった。

背後を走り抜ける二トントラックの振動に同調して、震えは大きくなっていった。

茜と自分を取り巻く不穏な空気は、危害を加えようとするものの正体を、泥のような闇で包み、雲のごとく曖昧なものにしている。

「ぶっ殺してやる」という行為は、相手が肉体を持つ人間である場合のみ可能なのだ。人間以外の、得体の知れない存在を相手に、闘うことはできない。

……本当に、闘えるのだろうか。対象を把握し切れないまま、妻と子どもに及ぼうとする危害を、取り除くことができるのだろうか。

相手がいくら屈強であっても、まだしも闘える相手のほうがマシと思えた。武器を手に殴りかかることのできる相手なら、やり方はある。

肉体という実体を欠いた幽霊と対峙するシーンを脳裏に思い描いただけで、その不気味さに震えが止まらなくなるのだ。

孝則は歩き始めた。橋を渡りきって目当てとするマンションロビーに入ると、廊下の両側に部屋が並んでいた。

中程まで進み、ドアの前に立った。

表札には104号室とある。間違いなく、木原剛の事務所だった。

深呼吸して恐怖の感情を抑え、孝則は、チャイムを鳴らした。

2

部屋に入ってまず目についたのは、パンパンに膨らんだ二個のゴミ袋だった。巨大なダルマのような格好で床に陣取り、不審人物を見張るかのように、玄関ドアに顔を向けている。半透明な樹脂を通して、中身のほとんどが紙類であると知れた。

孝則は、玄関で自己紹介をして靴を脱いで上がった。指示されて、テーブル前のイスに座ってから、目だけを動かして部屋を見回した。あまりじろじろ見るのは失礼だろうが、有名なノンフィクションライターの仕事場となれば、そこかしこに興味深い品々が溢(あふ)れていて、好奇心を抑えるのに苦労するというものだ。

「この部屋、臭くありませんか」

木原は、コーヒーを淹(い)れながら、そう訊(き)いた。ゴミ袋の存在を意識してのことかもしれない。

「いいえ、別に」

本当は臭いを感じていたが、気になるほどではなかった。スタジオ・オズに映像プロダクション特有の臭いが充満しているのと同様、ここには執筆を生業(なりわい)とする仕事場に特有の臭いがあった。

「ご存じかどうか……、連続殺人犯には、悪臭に鈍感な人が多いんですよ」

孝則は、仄(ほの)かな臭いを感じると言い直したい衝動に駆られたが、木原に悪気はなさそうなので黙っていた。

「いえ、別にあなたのことを言っているわけじゃありません。わたしもね、この仕事を長くやっていて、臭いをまったく感じなくなってしまったものですから、ときどきこうやって、人に訊いて、確認しているわけでして」

息子ほど年の離れた孝則に対して、木原の口調は穏やかだった。

木原には、スタジオ・オズの米田に似ているところがあった。身長、年格好ともほぼ同じで、初対面の者に緊張を強いない柔らかな雰囲気も共通していた。

「気になるほどじゃありません。人間味のあるいい匂いなら、ほのかに漂ってます」

木原は、にっこり笑って頷(うなず)き、腕時計を見た。

「急(せ)かすようで悪いのですが、一時間後に編集者との打ち合わせが入っているのです。さ、お互いの用件を片付けようじゃありませんか」

いきなり本題に入ったことに戸惑いながらも、孝則は、柏田事件を追ったノンフィクション『闇の向こう』を読んだ感想を簡潔に述べ、死刑執行の実況中継と思われる映像が、インターネットにアップされた経緯を語った。

「ほう、そんなことがあったのですか。確か、一か月ばかり前だったかな、柏田の死刑が執行されたのは」

「そうです。五月一九日に執行されてます」

「以前にも、似たようなアクシデントが起こりました。死刑反対論者のグループが、法務省から違法に入手した執行映像を、ネットに流してしまったのです。今回も、そんなところでしょうか」

「うまく言えないのですが、録画された死刑執行シーンがそのまま流出したというわけではないのです。加工が加えられているとしか思えない。ぼくには、まったく別の場所で撮影された映像がミックスされているように見えるのです」

「なるほど。で、その映像と、あなたはどんな関係があるのですか。まさか、ネタにして、本でも書こうというわけじゃないでしょう」

孝則は言葉に詰まった。柏田事件にまつわるこれまでの一連の出来事を、他人に語って信じさせる自信はまったくなかった。だからといって、明確な理由を提示しなければ、木原の興味は薄れて、結果として助力を仰げなくなる可能性がある。

返答に窮する孝則の心情を慮って、木原は続けた。

「わたしは、滅多なことでは、読者に会いません。ろくな事がありませんから。ネタを提供するから、本にしろと言って、つまらないヨタ話を持ち込む輩が多くて、多くて。あなたから電話をもらったとき、最初は、ああ、またかと思いました。でも、どこか違うという臭覚が働いたのです。あなたの言葉の裏から、柏田事件のあおりを食って、のっぴきならない状況に陥ってしまったという、切羽詰まった悲鳴が聞こえたのです。と同時に、期待が生まれました。ひょっとしたら、わたしが長年抱えてきた疑問に対するヒントが、あなたからもたらされるかもしれない……。だから、会ってみようと、思い立ったわけです。

柏田事件は、わたしが扱ったテーマの中で、もっともミステリアスな事件です。その地位は今も変わりません。自分自身、書いた中身に納得できていないのです。不完全燃焼といえばいいのでしょうか。

ついさっき、あなたは『闇の向こう』を読んだ感想を述べてくれましたが、あれは本当ですか？　正直な感想を、遠慮なく言ってほしいのです」

孝則は、覚悟を決めた。変に言い繕ったり、適当な褒め言葉でごまかしていたら、信頼関係は成り立たない。

「正直なところ、もやもやとした読後感が残りました」

「ほう、なぜですか」

「冒頭部分を読んで、作者は明らかに、連続少女誘拐殺人事件の犯人が柏田誠二であると確信していると、感じました。しかし、四分の三ほど読み進んだあたりで、どうも確信が揺らいできたような印象を受けたのです」

木原は満足気にうなずいていた。

「あの企画は、月刊誌への連載という形で進められていきました。あなたも知っての通り、柏田は五人目の少女を連れ回している途中で、現行犯逮捕された。そして家宅捜査した結果、三番目の犠牲者の毛髪が彼の部屋から発見され、犠牲者の自宅付近で、柏田らしき男が目撃されている。複数の証言があるので、間違いありません。これ以上、明確な証拠はない。有罪は確実だった。もちろん、わたしもそれを確信していた。

ところが、執筆を進めるために調べるほど、疑問は深まるばかりで、出口が一向に見えなくなってしまったのです。本を書き始めることは簡単にできる。難しいのは、一定の解決をもって書き終えることです。『闇の向こう』の場合、事件を総括できる一定の見解を示した上で、書き終わろうとしたのですが、最終章に至って混迷は深まるばかりという様相を呈してしまった」

木原が、自分で淹れたコーヒーを飲むタイミングで、孝則は口を挟んだ。

「事件当時、ぼくは高校生で、事件は断片的にしか把握していませんでした。今回、木原さんの本を読み、ネットで調べたりして、事件の全容を自分なりに摑んだつもりでいます。ぼくに代表される世間一般の解釈は、そう難しいものではないはずです。柏田という凶悪な殺人鬼が、連続して少女を誘拐し、連れ回し、倒錯した性的欲求を満たした上で、殺害した。日本の犯罪史上、もっとも卑劣、かつ残忍な快楽殺人であるのは明らかです。一体、木原さんの疑問は、どこにあるのですか」

「今、あなたの言ったことのすべてです」

「すべて……」

「まず犯行の動機がまったくわからない」

「快楽殺人ではない、と」

「被害者の体内にも、犯行現場にも、柏田の体液は残されていません」

「検察側は、体液が発見されたと臭わすような証言をしてますが……」

「連続殺人の構図をわかりやすくするための、でっち上げです。もちろん、精液が発見されなかったからといって、快楽殺人の線が消えるわけではありません。犯人の衣服に吸収され、外部に放出されなかったというだけかもしれない。また、世界で報告される淫楽(いんらく)殺人者は、女性の性器や乳房に欲情しなかったり、性的不能者だったりする例が多い。この点、単純な強姦(ごうかん)魔とは一線を画している」

「ようするに、柏田の犯行は、これまでのどのパターンとも違うということですか」

「そうです。倒錯した淫楽殺人者は、死体を損壊する場合が多い。四肢を切断したり、腹を割いたりする行為の真っ直中(ただなか)で、射精を伴う絶頂感を得ることが多いのです。しかし、本件の場合、すべての犠牲者は、絞殺されているのみで、死体の損壊は見られません」

「損壊があったと、記されていますが」

「爪だけです。四人目の犠牲者の、右手人差し指と中指の爪が、ペンチで引き抜かれていました。これは、わたしの推測なのですが、少女の思わぬ抵抗に遭って爪で引っ搔かれた痕跡を消すための仕業と思われるのです。爪の隙間に残された皮膚を、その場に残すことができなかったというわけです。DNAが採取されたら、決定的な証拠となりますからね」

「なるほど、柏田は、これまでの娯楽殺人者と比べ、被害者をいくぶん丁寧に扱ったというわけですね」

「その通り。いくぶんどころか、丁寧過ぎるのです。殺害方法はすべて絞殺です。柔らかな布を使ったらしく、首筋に摩擦痕や裂傷はなく、きれいなものです。ただ、四人の被害者すべてから、下着だけが取り去られている。この点は、ご存じですね」

「知ってます」

孝則が読んだどの資料にも、犠牲者の下着が取り去られていることから、倒錯した性欲殺人が導き出されたという記載があった。

「しかし、それだけなのです。下着以外の着衣に乱れはなく、ただ、スカートの下から、下着だけが引き抜かれていた。もちろん、性器に損傷はありません。さて、これを一体、どう考えるか」

「見て、快楽を得た、のでしょう」

「もっと機械的に、観察したのだと、思う。そのような痕跡が残されていたのです。

犯人は、性器を観察するために、下着を取り去ったのです」

「フェティシズムの一種というわけですか」

「いいえ、もっと冷静です。性衝動とは無関係の、純粋な観察です」

「お話をうかがっていると、どうも混乱をきたしてくるようです。となると、一体、柏田の目的は何なのですか」

「それが、最大の謎なのです。少女を連続誘拐して殺害する動機が、一体どこにあったのか。


検察側は、この事件の持つ複雑性をわざと覆い隠そうとしました。柏田を絶対に死刑にするという結論先にありきで、事を進めたのです。そのためには、事件の概要をなるべくわかりやすいものにする必要があった。動機は、身勝手で倒錯した性的欲求を満たすこと。黙秘を貫いているのは、後悔の念を示していないことの証し。人格障害を起こしていて、二重人格の片方の犯行と思い込んでいるとすれば、現在の柏田を支配しているもう片方には、犯行の記憶は一切なく、自白しようにもできないという解釈も提示されました。

というわけで、幾度となく精神鑑定が持たれましたが、こちらも責任能力ありという結論が先行していった。心神喪失、心神耗弱を理由に責任能力なしとなれば、行く先は、刑場ではなく、病院になってしまう。

身勝手な快楽のために連続して少女を誘拐して殺害した犯人を、検察は、威信にかけて死刑に持ち込もうとし、マスコミも世間も、強力に後押しした。柏田を擁護した人間はほとんどゼロです。

唯一、彼の弁護団は、精神鑑定の結果に異議を申し立て、控訴、上告して抵抗しましたが、世間からの糾弾の矢面に立って行き詰まり、勢いをなくしていきましたね。

裁判は、検察側の主張通りに進み、死刑が確定し、一か月前に執行されたわけです。

しかし、わたしは今でも、腑に落ちないのです。一体、動機は何であったのか。犠牲者の少女たちは、みな、雑木林の木の幹に寄り掛かり、両足をきれいに揃えて前に伸ばし、両手を膝の上に添え、髪を前に垂らして俯き加減の姿勢を保っていたのですよ。もちろん、被害者が発見されたときの光景は、どの本にも発表されていません。でも、わたしは、現場写真を見たのです。一見して、これは何らかの儀式である、という印象を持ちました」

「儀式……、宗教的な儀式ってことですか」

「そう、娯楽殺人というより、狂信的カルト教団の儀式を思わせる要素が、現場写真にはあった」

「柏田は、カルト教団の信者なのですか」

「特定の集団に入信しているわけではありません。彼ひとりの妄想が作り上げた、教祖と信者一体型のカルトです。ようするに、彼の脳内にのみ存在するカルト教団で、その教義に従って犯行が持たれたのではないかと思うのです」

「なるほど、黙秘を貫いて死刑になってしまったために、教義の中身がわからず、動機も不明のまま終わってしまったというわけですね」

「柏田教の教義に基づく犯行を裏付ける、奇妙な共通項が見られるのです。この点に関する記載は、どの本にもありません。ごく少数のマスコミしか知り得ぬ情報である上、被害者家族のプライバシーに関わることであり、人権問題も絡んで、報道は自主規制されたはずです。被害者の家族に関して、噂の類いを耳にしたことはありますか」

「いいえ、ありません」

マスコミが報じていなければ、情報が孝則の耳に届くことはない。

「まず、犠牲者の年齢がほぼ一定であること。四人とも一九九一年か二年の生まれで、事件当時十二歳前後という年齢です。なぜ、ここまで年齢幅が狭められているのか。少女にしか性的欲望を抱かない変質者は、むしろ海外のほうが多いかもしれません。しかし、ここまでピンポイントで、ターゲットの年齢が絞られている例は見たことがない。一番目、二番目、四番目の犠牲者の誕生日は、たった一か月のズレでしかないのです。通り魔[illegible]、無作為にターゲットを選んだとは、とても考えられない」

孝則は、[illegible]生年月日を思い浮かべていた。誕生日は一九九二年の六月で、被害者たちの[illegible]最年少となるが、ズレはほんの半年程度に過ぎない。

「[illegible]側の共通項は、他にもあります。ここから先は、ほとんどの人は、知らな[illegible]す。実は、四人のうち三人までが、母親が未婚のまま生まれてきた子です。[illegible]たれかすらわかっていません。三番目の被害者だけは、結婚しているカップル[illegible]生まれましたが、生まれた翌年に、両親は離婚しています。つまり、四人が四人もシングルマザーに育てられ、そのうちのひとりは児童養護施設に入所しています」

孝則は、ごくりと唾を飲み込んでいた。もちろん、茜のことを考えていたからだ。またしても、茜は、この範疇にぴたりとおさまる。

「さらにもうひとつ。被害者の顔写真は、新聞雑誌に掲載されなかったので、これもほかの人が知り得ぬ情報です。わたしは、生前に撮影された被害者たちのスナップ写真を得ています。四人とも、背格好、顔とも、非常によく似ているのです」

孝則は、茜が十二歳であった頃の写真を見たことがなく、現在の容姿から想像するほかなかった。

「被害者の写真、ありますか」

「ご覧になりますか」

「ぜひ」

木原は、キャビネットを開いて、柏田事件の資料を集めたファイルの中から、被害者の少女を写した写真を数枚取り出してきた。

テーブルに並べられた四枚の写真は、どれもバストアップの構図で、少女たちは確かにみなよく似ていた。髪形も違うし、体重に差もあるため、雰囲気はそれぞれ異なっているが、顔の造作がそっくりなのである。

孝則は、四人の少女の中に、茜の面影を見たように感じた。

写真を四枚重ね、木原のほうに戻しながら、孝則は真剣な表情で言った。

「ところで、ぼくはまだ、さきほどの質問に答えていません。一体、柏田事件と自分どんな関係があるのか……。今、愛する女性がいて、彼女と結婚する予定でいま女のお腹には、ぼくの子どもが宿っています。その女性は、五人目の犠牲者に木尸に、丸山茜です。やはり、ここにいる少女たちと顔が似ています」

「なるほど溜め息をついた。

こういうわけだったのですか。道理で……。わたしの勘は間違っていなかった。

のっぴならない事情があったわけですね。しかし、柏田の死刑は執行された。問題の根は断ち切られたわけでしょう」

死刑が執行された以上、柏田という名前の固体が消滅したのは確実である。しかし、それはわれわれが共通に理解している科学の範囲内のことであり、超常の世界に潜んで影響力を行使する力が失われた証しとはならない。

……ぼくだって、一度死んで、蘇(よみがえ)っているのですから。

冗談めかしてそう言いかけた言葉を飲み込み、孝則は、ナップザックに手を伸ばした。

「まず、これを見てください」

孝則は、ナップザックからノートパソコンを取り出して電源を入れた。ここに来た目的のひとつは、USBメモリによってもたらされた首吊(くびつ)り映像を、木原に見てもらうことである。

パソコンが起動するまでの時間を惜しむように、孝則は問いかけた。

「お話をうかがっていて、柏田事件の謎がどこにあるのか、よく理解できました。でも、木原さん自身、どうなのでしょう。柏田が犯人であることは間違いないと、そう思われているのですか」

「それが、今ひとつ、確信が持てないのです。次に死体遺棄現場で撮影された被害者の写真を、ごらんになってください」

木原にうながされ、孝則は、タロットカードを引く要領で、四枚の写真をテーブルに並べた。

「何か、気づきませんか」

「いえ、別に……」

どの少女も茜に似ているだけに、眺めているだけで嫌な気分になり、目を逸らしたくなる。

「これらの写真を見て、わたしはある直感を得ました。長年の勘のようなものです。少女たちはみな、同じポーズをしている。なぜか。被写体だからです」

「被写体……」

「カメラを向けられると、手でVサインを作るのと同じです。犯人は、間違いなく、被害者たちをカメラかビデオで撮影しているはずです」

孝則の視線は、写真に引きつけられていった。言われてみれば、どの少女も全身でポーズを決め、被写体であることに徹している。

「確かに、その通りですね」

「にもかかわらず……、柏田の家をいくら家宅捜査しても、被害者を撮影した動画、静止画の類いが、一切発見できなかった」

だからといって、柏田が犯人でないという証拠にはならない。写真やビデオで撮影したはずという前提自体、推測の域を出るものではないからだ。

　そうこうしているうちに、パソコンの画面に映像が立ち上がってきた。

　孝則は、まずUSBメモリに保存されているオリジナル映像を、木原に見せた。

　ワンルームマンションの一室で、ビデオカメラを手にしてうろうろする男が現れた。

彼は、机の上にカメラをセットしてパソコンに繋げている。そこまでのところ顔は不明で、柏田であることはわからない。男は、カメラに背を向けてパソコンから離れ、部屋の中央に置かれたイスに片足をかけ、身体を引き上げ、首にロープを巻き、前を向いて、イスを蹴った。身体はディスプレイを縦によぎり、そのまま床を突き破って一旦下に消え、今度は、天井から落ちてきて顔の見えない位置で動きをとめ、手足を痙攣させ、股間を濡らし、生体反応を徐々に消滅させていった。

　繰り返し再生した映像であるが、見るたびに孝則の皮膚には鳥肌が立つ。

「死刑執行のシーンとそっくりです」

　ディスプレイの中で、ロープを首に巻かれた男がゆっくりと回転し始める頃になると、木原は、第一印象を口にした。

「やはり、そうですか」

「刑壇室は一階と地下の二重構造になっていて、刑務官がボタンを押すと通電して、床板が開く仕組みになっています。と同時に、死刑囚の身体は、刑壇地下室に落ちていきます。しかし、ここに映っている部屋は、もちろん、刑場ではない。どこなんですかねえ」

「青物横丁にある品川ビューハイツ、303号室。部屋の主は新村裕之です」

木原はびっくりして、顔を孝則に向けた。

「なぜ、知ってるんですか」

「どうにか割り出すことができました」

「素晴らしい取材力ですね」

「いいえ、単なる偶然です。実は、問題は、こっちのほうなんです」

孝則は、USBメモリのオリジナル画像を消し、パソコン本体に保存された映像を呼び出そうとした。こちらのほうは、柏田と思われる男の首吊り死体が、時間経過とともに下方にズレていくという、異様な現象を生じさせていた。品川ビューハイツ303号という共通の場で、主人公である被写体のみが変化していくのだ。

前回見たときには、目隠しが取れて柏田と知れた男が、画面の中央で白目をむいて揺れていた。

ところが、孝則と木原、ふたり並んで見つめるディスプレイに映し出された映像からは、人間という存在が一切消えていた。部屋の様子は同じであったが、肉体が発する生々しさがなくなると、映像はまるで別物となってしまう。

ＵＳＢオリジナル画像の主体は柏田という人間であり、彼の一挙手一投足に見る者の意識は集中されていった。今、孝則が見る画面の中には、見るべき対象がどこにもいない。ただ、天井から垂れ下がったロープだけが、反動で小さく揺れていた。

……もぬけの殻。

汗と少量の血でどす黒く変色したロープ下部にだけ、以前、ここに死体があったという痕跡が残されている。

ロープは柏田の首をしっかり絞め付け、身体全体を宙空に浮かべる役目を担っていた。にもかかわらず、柏田は、まるで縄抜けの名人のように、丸い輪から首を抜いて姿を消してしまった。

ディスプレイの中央に陣取ったロープのリングは、見る者を挑発し、あざ笑うかのように、ゆっくりと回転していた。

変化していく過程を見ていない木原が冷静な一方で、孝則は、二の句が継げぬまま、呼吸だけを荒くしていった。

……あの野郎、トンズラしやがった。

孝則は、普段とは打って変わった口汚い調子で、罵っていた。

……どこに消えやがった。

気掛かりなのは、奴の行方だった。まさか現実の世界で生き返ったというわけでもあるまい。とすると、行き先はどこだ？

3

秒針で計れば、ほんの十数秒といったところだろうが、孝則がじっと見据える先で、時間は果てしなく引き延ばされていった。

心臓が停止しても、八分前後のうちに適切な処置を受ければ、蘇生することもあり得る。死んだ人間が生き返った例は、世界でも何例か挙げられている。ただし、孝則の場合、その期間は二年。医学で説明できる範疇を超えていた。

医師として、父として、どう釈明するのかと見守る中、戸籍謄本に目を落としたまま左手を顎に当て、安藤満男は、じっと考え込んでしまった。理事長室の机に置かれた一通の戸籍謄本は、突き付けられた銃口のように、彼の動きを封じた。

事前に電話で連絡し、訪問の理由を伝えておかないでよかったと思う。あらかじめわかっていれば、父のことだから、筋の通った理由を綿密に考え、煙に巻こうとしたに違いない。

不意をついたからこそ本当のことが引き出せるというものだ。

満男が、顔を下に向けたままなのは、心の動揺を読み取られまいとしてのことだ。

なぜもっと早く手を打っておかなかったのかと、後悔の念に襲われているに違いない。息子が、両親に何の相談もなく、こんなにも早く結婚を決めるとは思ってもいなかったのだ。わかっていれば、対処のしかたがあったかもしれない。それとも、従前の記録として、死亡事項が戸籍謄本に残ることを、知らなかったのだろうか。何事に対しても思慮深い満男が、失念していたとは考えにくい。忙しさにかまけて、戸籍謄本に記載された事項の確認を怠っていたのだ。

きっかり二十秒たったところで、満男は顔を上げた。

「ところで、なぜ、戸籍謄本なんて取ってきたのかね」

冷静を装ってはいるが、目が泳いでいた。第一、「約一年間にわたって、ぼくが死んでいた事実をどう説明してくれるのですか」という問いの答えになっていなかった。

「結婚するからだよ。父さん」

「ほう、結婚か。父さんが結婚したのも、おまえと同じ年のときだ。ところで、相手はだれかね」

「丸山茜」

名前が意識に浸透するにつれ、数々の記憶が蘇（よみがえ）ってきたようだ。表情が幾分明るくなったことからも、茜の印象が良好であると予測できた。

「ああ、あの子か。『ふれ愛』の存在価値を証明してくれたのは、まさにあの子だ」

児童養護施設「ふれ愛」の創立と同時に入所したのが、丸山茜であり、満男は幼児の頃から彼女を知っていた。

「ぼくもそう思う」

「彼女は素敵な子だ。それは認めよう。しかし、なぜ、おまえは、あの子を結婚相手に選んだのだい？」

「似ているからですよ」

「似ている？　何を言おうとしているのか、よくわからない。逆に、正反対と言うべきではないのかね」

片や天涯孤独な身の上、片や裕福な両親から愛情をたっぷり注がれて育った身の上。満男は、家庭環境の差を言っているに過ぎない。

「父さんが言いたいことはわかる。ぼくも同じように考えたからね。家庭環境がまったく違うのに、なぜ、似ていると感じるのかって」

孝則は、そこで戸籍謄本に目を落とした。疑問の答えがここにあるのではないかと問うように。

満男は、孝則の誘導に逆らい、視線を正面に固定させたまま、唾棄すべきものを扱うかのように、戸籍謄本を手で払いのけた。

「わざわざ、理事長室に乗り込まなくてもいいだろう。たまには家に顔を出したらどうだ。母さんが、会いたがっているぞ」

「近いうちに行くよ。茜を連れて」

孝則が、実家ではなく、病院の理事長室に来たのは、敢えて母を避けるためであった。母の前で、戸籍謄本の死亡事項記載に関する言い訳を聞くわけにはいかなかった。両親揃って口裏を合わせているならまだしも、父が母に対してまでいいかげんな作り話をでっち上げていた場合、藪蛇になりかねない。真実は孝則にとってのみ必要であり、母は、作り話を信じていてくれたほうがありがたいというものだ。

「あれは、不幸な出来事だった」

満男はそう前置きして、不幸な出来事の中身を語り始めた。

「人間には様々な記憶がある。風景や音の記憶、匂いや味の記憶……、すべて人間の持つ五感によって得られたものだ。これから話そうとする出来事の発端は、触感だった。父さんの手は、まだあのときの感覚を覚えている。一年間というもの、手にこびりついた柔らかな皮膚の感覚に悩まされ続けた。

何度、悪夢に悩まされたことか……。海面下に沈み込み、波に翻弄される夢を見るたび、びっしょりと汗をかき、胸の動悸を抑えて目覚めたものだ。夢の終わりには、いつも脛のあたりをまさぐる小さな手の感触があった。柔らかな指が、つるりと肌を滑って、海の底に消えていくんだ。手を伸ばせば、届きそうなところにいて摑み切れないもどかしさ……。

その小さな手の主は、おまえだった。

二十五年ばかり前の初夏、おまえはまだ二、三歳だったと思う。場所は西伊豆(にしいず)の土肥、われわれは家族三人で海水浴を楽しんでいた。海開き前のため、海水浴客は少なく、ほとんどプライベートビーチの状態だった。

長方形のフロートにおまえとふたりで俯(うつぶ)せになり、わたしたちは沖に漕(こ)ぎ出していた。波が来るたびにおまえは楽しそうなはしゃぎ声を上げていた。背後から『戻ってらっしゃい』と母さんの声が聞こえたが、父さんは、無視して、フロートを沖へ沖へと押し出した。おまえの喜ぶ顔がもっと見たかったからだ。

母さんの声がヒステリックになるのと呼応して、目の前で大きな白波が砕け、フロートがひっくり返り、ふたりそろって海に投げ出された。

頭まで沈んで初めて、そこが大人ですら足の立たない深みであることがわかり、パニックを起こしかけたよ。海面から顔を出し、立ち泳ぎのまま周囲をぐるりと見渡したが、おまえの姿が見えなくなっていた。母さんが、岸のほうから、水しぶきを上げながら、駆け寄ってくるのが見えた。服を着たままなのも忘れ、半狂乱になりかけていた。

そのとき、足にすがりつく手の感触を得たんだ。おまえの手が触れたのはほんの一瞬だった。息を吸って潜り、暗い海中におまえの姿を捜したが、どこにもいない。すぐ近くにいることがわかっていて、手が届かなかった。

岸に近いほうの海に目を向けると、母さんが両手を上げてバタバタさせているのが見えた。叫ぶ声にごぼごぼという濁音が混じっていることからも、溺れているのは明らかだ。

おまえも知っている通り、母さんは水泳が苦手だ。背が立たないほどの海では、何もできないはずなのに、助けたいという願望だけを空回りさせ、パニックに陥り、沈みかけていた。

まさに、『前門の虎、後門の狼』といったところだったよ。近くに浮いていたフロートを運び、そこに母さんの身体を引き上げてから、おまえが消えた海面に取って返した。わずかな時間のロスが、決定的に作用したようだった。付近を泳ぎ回り、息をついて何度も潜ってはみたが、二度とおまえの姿をこの手でとらえることはできなかった。

左手薬指の結婚指輪に絡みついた毛髪を残して、おまえは消えてしまった。

数日間に及ぶ海上保安庁の捜索が終わっても、わたしたちは私費を投じて捜し続けた。しかし、とうとうおまえを発見することはできなかった。

以降、わたしと母さんは、口汚く罵り合うようになった。『わたしの孝ちゃんを返して』と号泣する母さんに、『おまえの向こう見ずな行動が救助の機会を奪ったのだ』と応酬し、わたしたち夫婦は、離婚の一歩手前までいった。

二年間というもの、わたしたちは、真っ暗な海底でもがき続けた。思い出すたびにぞっとする二年間だった……」

満男はそこで声を詰まらせ、顔を横に振った後、わずかに表情を緩めた。

「ところが、奇跡が起こったんだ。水難事故からちょうど二年が経過した頃のことだった。土肥の北にある小土肥（おどい）という小さな漁村で、引退した漁師の老夫婦がだれに看取られることもなく、ひっそりと相次いで亡くなり、遠縁の者がやって来て家を調べたところ、裏の納屋から幼い男の子が発見された。

漁師夫婦に子はなく、当然、孫もいないはずだった。男の子にはいわゆる記憶喪失の症状が見られ、どこのだれなのか、なぜこんなところにいるのか、さっぱりわからなかった。

男の子はきちんとした衣服を着て、栄養状態も良好、漁師夫婦の手で大切に育てられていたのは明らかだった。

その子がおまえであるとわかるまでそう長くはかからなかったよ。

奇跡が起きたのだ。母さんは、狂喜乱舞して喜び、わたしは、僥倖（ぎょうこう）を神に感謝した。

これを機会に、それまで勤めていたK大医学部を辞め、母さんの実家が経営する病院を継ぎ、大きく発展させ、慈善事業に乗り出した。

「一旦失われた大切な宝物が戻ってきたのだ。社会に恩返しするのは当然だよ……」

父が懸命に話すのを、孝則は、黙って、冷静に聞いていた。

当時、父はK大医学部の法医学教室に籍を置いていた。司法解剖をする機会は多く、警察関係の人間との付き合いも深かったはずである。裏から手を回すこともできただろうし、金を積んで協力者を仕立て上げることもできただろう。すべて、辻褄の合うストーリーをでっち上げ、戸籍を元に戻すためだ。

しかし、漁師の老夫婦に育てられたというストーリーはいかがなものか。子を持たぬ夫婦が船で漁に出たところ、捜索網をくぐり抜けて流れてきた幼い男の子を拾い上げ、蘇生させ、人目につかぬ場所でひっそりと育ててきたというのだ。

……まるで桃太郎だ。

桃太郎という名前を思い浮かべると、孝則は、それが自分であることも忘れて、笑い出しそうになった。

笑いを堪える孝則の前で、父はなおも喋り続けていた。医学用語を多用して、溺れたときの後遺症で、小土肥で暮らした二年間の記憶が消えてしまった症例を説明し、似たような事例が海外で報告されていると付け加えていた。

小学校に入学してすぐの頃、孝則は、並はずれて身体が小さく、頭も追いつかず、授業についていくのが困難だった時期がある。成長するにつれてどうにか追いつき、中学に入ってからは他の生徒と学力面で遜色がなくなり、高校生になる頃には、身長は平均を超え、勉強ではトップクラスの成績を誇るようになった。

記憶喪失に陥ったのではない。孝則の人生の中、二、三歳の頃の二年間がすっぽり欠落したと解釈したほうが、すべてにおいて筋が通るような気がするのだ。

父の作り話を聞いていて、別段、腹が立つわけではなかった。

必死で喋る父の目に浮かぶのが、哀願の色であるのを見て取ると、嘲ろうとする気持ちが引いていった。

生死の問題にバカげたおとぎ話をでっち上げるのも不謹慎であったが、どうにか折り合いをつけ、必死で生きようとしている人間をあざ笑うのはもっと不謹慎である。

二年間というもの、父と母は、愛する息子は死んだと思い込んでいた。それは間違いのない事実である。その絶望と悲しみを想像しているうち、孝則の心は、逆に、感謝に包まれていった。

……許してくれ。今のところ、わたしには、こんな愚かな言い訳しか浮かばないのだよ。

眼前でそう訴えている父に、自分はどれほど愛されてきたか、思い知らされた。

茜と入籍し、子どもが生まれようとしている環境が、拍車をかけてくる。

目許を手で拭い、孝則は、テーブルから離れてソファに腰を下ろした。

「わかったよ、父さん。事情はよく飲み込めた。ぼくにもうっすらと記憶はある。幼稚園に入る前の頃に、人気のない海で泳いだことを、漠然と覚えてるんだ」

孝則が、そう言っても、満男は警戒を緩めなかった。何を覚えているのか、記憶の中身が気になるからだろう。

「そうか、家族三人で、よく出かけたからな」

「いや、ぼくが覚えているのは、父さんとふたりで行ったときのことだよ」

「たいがい、母さんも一緒だったはずだが」

父に話を聞くまで、溺れたのが土肥の海岸であるとは知らなかった。以前から、のどかな海辺を舞台とした情景が脳裏に浮かぶことがあった。いくつかの記憶には、暗い海の底に引きずり込まれる恐怖が絡みついているため、溺れたことは事実だろうと思われる。

ただ、それ以上に忘れられない情景があった。時間的な整合性はなく、風景は断片的で、思い出そうとするたび、ジグソーパズルの小さなピースを盤に並べる作業が必要となる。

「いや、母さんはいなかった。その代わり、もうひとり、男の人がいた」

海辺の風景に、母はいなかった。代わりに、見知らぬ男がいた。

だった。

炎天下での砂遊びに飽き、堤防に座って孝則を見守る父のもとに戻ろうとしたとき

砂浜に沿ってまっすぐ延びる堤防の上を歩いて、父のところに、ひとりの男が近寄ってきたのだ。

見知らぬ男のように見えたが、彼は、父と会話を始めた。幼いながらにも、何やら難し気な内容であるのがわかった。見知らぬ男のニヤけた笑いに対して、父は怒ったような表情で応じていた。

孝則は、喉の渇きを覚え、父のところに歩みより、男の顔色をうかがいながら、遠慮がちに、

「喉が渇いた」

と、訴えた。

父は、飲みかけのウーロン茶を差し出し、孝則は受け取って飲もうとしたが、残量は少なかった。それを見て、男は、何か意味不明の言葉を呟き、「もう一本飲むか」と、他人とは思えない馴々しい態度で訊いてきたのだった。

孝則は、男の申し出を断り、父からもらったウーロン茶を飲み干した。

なぜ覚えているのか、理由は不明であったが、孝則にとって、極めて印象的な光景

「男か……」

であった。

「父さん、あの人、だれなの？」

満男の顔には、小さな痙攣が走っていた。不機嫌になる直前の癖である。

「そんな奴はどこにもいない……、もう、いなくなってしまったのだから、気にしなくていい。忘れるんだ」

そう言う満男の顔には、幼い頃と同様の、怒りの表情が浮かんでいた。

4

窓外の景色を見ながら、つくづく初夏の季節でよかったと、茜は思う。七時を過ぎているのにまだ少し明るさが残っている。冬に向かう季節なら、沿線の風景はとっくに闇に閉ざされているはずだ。

早く帰るよう、孝則から言われていたし、そう心掛けていたつもりだったが、副顧問をつとめる演劇部のミーティングに付き合わされ、すっかり遅くなってしまった。秋に行われる学園祭の演目が決まらず、候補作の戯曲を次々に挙げては内容を吟味しているうち、部長の飯沢美帆が、「自作の戯曲でやりたい」と言い出してしまったのが、ミーティングがもめた原因だった。

成績はトップクラスで、何事においても早熟な飯沢に、文才がないというわけではない。ただ、以前に書いた戯曲があまりに酷く、部員たちのトラウマになっていたことを、彼女自身無自覚なのが問題の根を深めていた。

飯沢が去年書いた、演劇部員の内幕を描く群像劇は、出演者に平等に役が割り振られるよう配慮された点を除いて、さんざんな酷評を受けた。感情の高ぶりはすべて怒鳴り声で表現され、宝塚歌劇なら成り立つ過剰な演技が随所にあふれ、演じる側も、観客側も、感情移入できる箇所をどこにも発見できなかった。部長の自己満足と言える作品で、部員たちはみな、もう懲り懲りと思っているにもかかわらず、その空気も読まないで、「また書く」と言い出したのだから、副顧問の茜さえ、思わず嘆息してしまった。

どうにかミーティングをしめくくって学校を出て、上りの京浜急行に飛び乗ったのが十分前のことだった。

学園祭の演目を何にするのか、問題は保留されたままで、近いうちいずれ同じ議題が蒸し返されるのは必至である。

どうやって飯沢を懐柔しようかと、その方策について思い悩んでいるうちに、電車は青物横丁のホームに滑り込んでいった。

反対路線に車両はなく、ドアに寄りかかっていた茜は、下りホームを見渡すことができた。

電車が確実に停車する直前、ホームの中央に佇むひとりの男に視線が吸い寄せられていった。男は、携帯電話を操作しながら歩行中、他の乗客とぶつかりそうになり、携帯電話を持つ片手を高く掲げ、爪先を立ててダンサーのようにターンした。そのとき、茜の視界をぐるりと舐めるように、彼の顔が反転していった。

……あのときの男かもしれない。

すぐにピンときた。顔もさることながら、白いジャケットと夏物のネクタイをコーディネートしたお洒落な着こなしが、特徴的だった。孝則のマンション付近で見かけた不審な男と似ている。あのとき、男は、道路を挟んで逆側の歩道に立っていて、表情まで読み取ることはできなかったが、携帯を操作するときの手つきや、話しながら周囲をうかがう動作がそっくりなのだ。

今、ふたりの間にあるのは片側の線路のみで、前回よりも距離はずっと近い。

男は、茜のほうに背中を向け、携帯電話を操作していた。すぐ後ろの、車両ドアのガラス一枚を隔てたところに茜がいることに、気づいている様子はまったくない。

こんなとき茜の思考力は猛烈にスピードアップする。プロのディーラーの手にかかったように、孝則から聞いていた情報カードが、手際よく配られていった。

……首吊り自殺の実況中継が撮影された場所は、拘置所内の死刑場ではなく、ワンルームマンションの一室。

……マンションがあるのは京浜急行、青物横丁駅からほど近いところ。

……マンション名は品川ビューハイツ、３０３号。

……部屋の主は、新村裕之。

……孝則のマンション付近で見掛けた不審な男が、新村裕之である可能性は？

逆側のドアは開いたままだった。車両内の乗客が降りるのを待って、ホームから客が乗り込もうとするところだ。

咄嗟の判断で、客の隙間をすり抜け、茜は、ホームに降り立っていた。このチャンスを無駄にすべきではない。好機を活かせば、見知らぬ相手から一方的につけ狙われているという不利な状況を逆転させることができる。もし、今、目の前にいる男が、品川ビューハイツの３０３号室に入っていけば、「自分は新村裕之からつけ狙われている」という仮定が成り立ち、情報量において一歩先んじることができるのだ。

……勇気を持て。

茜は自分に言い聞かせた。

電車が動き出すと同時に、茜は、改札に降りる階段に向かって歩き、バッグから携帯電話を取り出して電源をオフにした。ＧＰＳ追跡アプリによって、行動を監視されていても、オフにすれば機能は停止するはずだった。

しかし、携帯電話をオフにするのは、同時に、孝則との繋がりを遮断することでもあった。

茜が、携帯電話の電源をオフにした頃、孝則は自宅の厨房に立っていた。すぐ後ろのカウンターに置かれたラジオのFM局からは、軽快なボサノバが流れている。

孝則は、グラスの赤ワインを一口飲んで味わい、煮込んでいるビーノカレーの上から少量を注いだ。ビーフカレーには赤ワインが合うというレシピをどこかで見たような気がした。血の色が、カレールーと混ざり合い、ほのかな香りを立ち上らせてくる。ほどよい加減に、ビーフが柔らかくなっていた。

子どもが生まれ、孝則に在宅の仕事が増え、茜がフルタイムで働く教師を続けるとなれば、料理をする機会はますます増えるだろう。今のところまだレパートリーは少なく、カレーやチャーハン以外、まともに作れるメニューはなかった。かといって、料理教室に通うのにも、料理本を広げるのにも抵抗があった。

夫として、父として、孝則は、充分に責任を果たすつもりでいたが、それは、男としての天分を生かす方向での責任であり、主婦のやり方をそっくり真似るということではない。

武骨とは無縁の風貌をしていて、孝則は、妙に男でありたいと願うところがあった。

もう、どれくらいの時間、カレーを煮込んでいるのだろうか。孝則は、厨房から顔を出して、リビングの時計を見て、とっくに七時を回っているのを知った。

朝、出て行くとき、茜は、七時頃には帰るようなことを言っていた。

今頃どこにいるのだろう。地下鉄を六本木で降り、マンションに向かって歩いている頃なのか、それともまだ地下鉄に揺られているのか。まさか、京浜急行というわけではあるまいと、移動中の茜の姿を空想しているうち、GPS追跡アプリを彼女の携帯電話にインストールしてあることに気づいた。

精神面の不安に加え、不審人物に狙われている可能性もあり、茜の了承を得た上で、インストールしてあった。幼い子どもにGPS機能付き携帯電話を持たせる親の気持ちである。

大切な人がどこにいるのか知るツールとしては、実に役に立つ代物だ。

孝則は、カレー鍋の火を弱め、手を拭きながらリビングに移動して、携帯電話を持ち上げた。追跡アプリを起動させ、茜の現在地を探ろうとしたところ、携帯の電源が落ちているのがわかった。

……なぜ、オフにしたのだろう。

茜の携帯電話がオフだったことは滅多になく、孝則は、違和感を抱いた。

操作を続けていくと、携帯電話の電源が落とされた場所が、画面に表示されてきた。

地図上のポイントは、京浜急行の青物横丁駅を示している。しかも、車両内ではなく、駅のホームに降りてから、電源が落とされているのだ。

　茜と青物横丁に接点はまったくないはずだった。もとより親戚もいなければ、友人もいない。

……よりによって、なぜ青物横丁なのか。

　孝則の連想は、当然、首吊りの実況中継画像に及んだ。駅から、ほど近いところに、撮影現場と思しきマンションがある。まさか、茜は、そこに向かおうとしているのではないか。

　それは孝則が抱える大きな謎のひとつでもあった。柏田を巡る一連の事件と、品川ビューハイツおよび部屋の主である新村裕之が、どう関わっているのか、皆目見当がつかないのだ。わかっているのは住所と氏名で、新村がどんな男なのかを知る手掛りはなかった。ただ、薄気味の悪い存在であることに間違いはなさそうだ。

　不吉な予感に襲われ、孝則の食欲は一気に失せた。

　追跡するほどの距離でもなかった。改札を出て住宅地の路地に入って二分も経たない頃、目的とするマンションが見えてきた。七階建ての古いマンションで、同じ大きさのワンルームが並んでいる。孝則も一度来たことがある、品川ビューハイツだった。

青物横丁駅からの短い道中、茜は、その男を、背後から観察し続けた。もっと明るければ、細部まで見通すことができたのに、日没後の黄昏(たそがれ)は、男の輪郭を闇に溶け込ませていた。

年の頃は三十代、痩(や)せて背が高く、後ろ姿だけからも清潔感が漂っている。見れば見るほど、先日の不審人物と同じ人間と思われた。

前方、十メートルの距離を歩く男が、ふと足を止めたのを見て、茜は、八百屋の店先に近寄り、野菜を選ぶふりをしながら、視線だけを男のほうに飛ばした。

男は電柱の根元に狙いを定め、目にも留まらぬ速さで靴先で蹴(け)りを加えた後、何事もなかったかのように歩いていった。

茜はその跡を追った。思った通り、品川ビューハイツのロビーに入ったのを見届けてから、男が蹴った電柱の根元に目をやると、蛾の残骸(ざんがい)がコンクリートの表面にへばりついているのがわかった。蹴り殺された蛾の体液が飛散した範囲は、羽の大きさをはるかに超えていた。

茜はぞっとした。身に纏(まと)う清潔感とは真逆の行為のように感じられた。蛾を殺すことにどんな意味があるのか、まったく理解できない。

マンションのロビーを覗(のぞ)き込んでも、男の姿はなかった。エレベーターが動いていて、モーターの回るグォーンという音が聞こえる。男が乗ったエレベーターの階数表示は、三まで上昇して止まり、廊下を歩く靴音がかすかに聞こえたかと思うと、エレベーターが下降するモーター音にとって代わられた。

ドアが開いて、そこに男がいないという保証はどこにもない。どこか隠れる場所はないかと見回すと、一日の業務を終え、カーテンで閉じられた管理人室の横に、集合ポストが並んだ奥まったスペースがあった。

両側の壁に集合ポストが並び、奥の壁際にはコインで動く洗濯機と乾燥機が三台ずつ設置されていた。洗濯機のひとつは運転中で、断末魔の痙攣のように、脱水を終える間際の振動で全身を揺らしていた。

出入り口のほうに一歩近寄りかけたところで、茜は、郵便ポストに記された303の数字を発見した。303号室。新村裕之の部屋である。

覗いてみると、ポストの底には、一枚のハガキが投函されていた。指先を引っ掛けるだけで開いた扉の先で、ハガキは「さあ、持っていけ」と、無防備に訴えかけていた。

さっと背後をうかがい、だれもいないことを確認して、茜は、ハガキを拾い上げてバッグに収めた。エレベーターが再び動き始めた音が聞こえる。左右の壁に設置された集合ポスト、奥の壁に設置された洗濯機と乾燥機、今いる場所は袋小路であり、逃げ場は塞がれている。

洗濯機が止まる頃を見計らって、だれかが入ってくるかもしれない。

息を殺して、集合ポストのスペースから廊下に出た茜の鼻先を、音もなく、ひとりの女が通り過ぎていった。予期せぬ出現に出鼻を挫かれ、両手で胸に十字を作る格好で立ち止まって、茜は短い悲鳴を漏らしていた。

ゆっくりとした足取りで自転車置き場のほうに向かっていた女もまた、茜の悲鳴を聞いて立ち止まった。

目の前にあるのは女の横顔だった。ノースリーブのワンピースを着て、大き目のサングラスをかけ、素足にパンプスをひっかけている。髪は背中の真ん中まで伸び、二の腕やうなじ、顎のラインが透き通るように白かった。香水とは異なる奇妙な臭いが鼻につき、茜は、思わず息を止めていた。悪臭というわけではない。しかし、ごくわずかに土の香りが含まれている。茜は、土の臭いには敏感だった。

……おまえ、戻ってきたのね。

どこからともなく降ってくる優しい声を聞き、茜は、身体を弾かせていた。

「母さん、どうして、ここに……」

茜が声を上げると同時に、母の幻影は消えていた。女は、若い頃の母の姿そのものだった。

一年に一回程度現れていた母の幻影は、ここにきて回数を増やしてきたようだ。

混乱する頭を抱え、茜は、一旦表に出てマンションの正面に回り、三階の窓を見上げた。右から三番目の部屋にだけ、明かりが点っている。

新村裕之の部屋に間違いなかった。

そこまで見届けて、茜は、駅に向かって歩きかけ、道すがら携帯電話の電源をオンにした。


……とりあえず、青物横丁まで行こう。

青物横丁で、茜と接点があるのは、品川ビューハイツ３０３号室だけだ。場所は特定できている。

何が待ち受けているのか、対象を絞り切れぬまま、いても立ってもいられぬ気持ちで、孝則は、ジャージからジーンズにはき替えて、玄関に突進した。

スニーカーに爪先を突っ込み、余力で前のめりになって玄関ドアに頭をぶつけたところで、携帯電話の呼び出し音を聞いた。

表示を見ると、茜からだった。安堵とともに、全身から力が抜け、玄関マットにへたり込みそうになった。

心配の種は尽きることがない。しかし、愛するとは、もともと、そういうことなのだ。心配を含め、すべてを引き受けなければならない。

玄関マットの上に座り直し、孝則は、携帯電話の通話ボタンを押し、茜の声を聞いた。

5

書店、古書店をしらみつぶしに回り、ようやく手に入れたばかりの文庫本をテーブルに載せ、孝則は、ためつすがめつ眺め回した。

奥付を見れば、単行本の初版が出たのが一九九一年六月、その二年後に文庫化されたのがわかる。

単行本の初版部数は五千冊。入手は極めて困難で、古書店はおろか、図書館からも姿を消し、ネットオークションで検索してもヒットは皆無だった。どこに吸収されたのか、単行本の初版は市場からすべて消え去っている。どうにか入手可能なのは単行本の増刷分と文庫版のみであった。

一連の不可解な出来事の発端がこの本の中に記載され、謎を解明するヒントが隠されている可能性が高い……、本が発見された状況が、それを暗示していた。

これまでのところ、偶然はなかった。一見、無関係と見える事象と事象は、目に見えないところで見事に繋(つな)がっていた。カーナビに導かれて行った場所は、柏田事件の最初の被害者が遺棄された現場であり、最後の被害者になりかけた女性は、結婚相手の茜だった。

その流れで行けば、今回も単なる偶然では有り得ないだろう。

極めて希少価値の高い初版本が、自殺中継画像と家宅捜査写真の両方に映っていたのだから、関わりがあるのは間違いなかった。しかも、柏田の室内が撮影された写真には、玄関先に初版本が束になって置かれていた。

偶然の一致を発見したのは、木原だった。

昨日の午前、孝則は、彼の事務所でそのことを知らされた。


昨日の午前……。

蒸し暑い一日で、日中は三十度を超えていた。高田馬場駅から木原の事務所までのほんの数百メートルを歩いただけで、孝則の全身からは汗が噴き出た。大量の汗をかいたのは気温のせいばかりではなかった。前回は、途中で時間をつぶすほど余裕があってのんびり歩いたが、今回、焦る気持ちが先に立ってつい足が速くなっていた。

孝則は、朝に木原から電話を受け、自殺の中継画像と、十年前、柏田の部屋が家宅捜査されたときに撮影された写真から、共通のアイテムが発見された旨を聞かされ、矢も盾もたまらず、事務所に駆けつけることになった。

「共通のアイテム」

木原は、発見したものをそう表現していた。

チャイムに応じて玄関ドアを開けた木原は、孝則の顔に浮かぶ玉の汗を見て、エアコンの温度を三度下げた。

「この暑い中、走って来たのですか。まあ、どうぞ、お上がりなさい」

先を急ぐ孝則の気持ちを察し、木原は、コーヒーを供する暇も惜しんで、パソコンのディスプレイに画像を立ち上げた。

木原は、孝則によって持ち込まれコピーされたふたつの映像を繰り返し再生し、比較分析した結果、思わぬ拾いものをしたのだ。

木原が画面に呼び出したのは、首吊り自殺中継の主人公である柏田が、縄抜けのごとくロープから首を抜いて遁走した後の映像だった。雑然としたワンルームの部屋は無機質な日常品で溢れていた。部屋の中心を占めるのは、今や、人間ではなく、天井から垂れ下がったロープの丸い輪のみだ。

木原は、カーソルを動かして、ロープが結わえられているはずの天井を映し出す。男ひとりの身体を支えるためには、ロープは天井の一点に強く固定されていなければならない。しかし、普通のワンルームマンションの天井にロープを結わえる箇所などないはずだ。

木原はその疑問のもとに、ロープが固定されている箇所を捜したが、天井の中央が真っ黒な小さな洞窟となってさらに上部に続いているだけで、ロープの接点はどこにもなかった。あたかも、異次元から降りる蜘蛛の糸のように、ロープは天井の闇から垂れ下がっていた。

「この映像を見て、わたしはふと、虫めがねを連想したんですよ」

言われて見ると、上から垂れて画面中央で輪を作るロープは、上下逆さまにした虫めがねの形状と似ている。

「確かに、似た形をしてますね」

「そこからヒントを得て、凸レンズの部分を拡大してみようとした。一体、レンズの先には何があるのかという興味で。最初のうち、遊び半分でした。ところが……」

虫めがねは、小さな対象物を拡大させる機能を持つという発想のもと、木原は、ロープの輪をレンズに見立て、円内部の映像を拡大させていった。すると、焦点は、壁に設置された書棚の一部と合っていった。

「ここで、ふと、思いつき、USB映像のほうと比べてみました。ディスプレイの真ん中には、柏田がぶら下がって視界を塞ぎ、背後の書棚にあるアイテムを隠しているのです」

木原は、USB画像を画面に呼び出して、そのことを確認した上で、元の、パソコン本体に保存された画像に戻していった。

柏田の身体がなくなったせいで見通しがよく、レンズの焦点が合った先に、一冊の本が横たわっているのがわかる。

タイトルには『リング』とあった。

「ほら見てごらん」と柏田に導かれ、リング状になった首吊りロープを虫めがねに見たてて拡大させた先に置かれた『リング』。

……これもまた、偶然なのだろうか。

周囲のものがボヤける中にあって、一冊の本が、強烈に存在を主張していた。

「これだけじゃないんですよ」

木原はそう前置きして、柏田事件関連の資料を探り、ファイルから写真を数枚取り出してきた。

「柏田が逮捕されてすぐの頃に撮影された写真です。十年ほど前、家宅捜査されたときに撮影されたもので、彼の部屋の内部がすべて写っています」

連続少女誘拐殺人犯の室内を写した写真と言われれば、異常さを嗅ぎ取ろうとして、よけいな先入観が働くものだ。孝則は、邪念を消し、鼻が触れんばかりに顔を近づけ、写真によって切り取られた室内の様子を観察していった。

部屋は、品川ビューハイツよりも一回り大きなワンルームで、一方の壁にはシングルベッドが据えられ、もう一方の壁は天井まで届く書棚で占められていた。書棚は隙間なく本で埋め尽くされている。

写真によっては、書棚に収容されている本のタイトルが読み取れた。自然科学、数学、医学、哲学、宗教、歴史、文学とジャンルは様々であったが、ざっと眺め渡しただけで、部屋の主の教養の高さがうかがわれた。

孝則は、柏田の職業が、予備校の講師であったことを思い出していた。西船橋の大手予備校に籍を置き、数学、物理、英語の三教科を教えていたと言うのだから、本のジャンルが多岐に及ぶのも当然だろう。

ベッド脇のテーブルには、雑誌の類いが積み上げられていた。こちらも論壇誌や科学雑誌が多く、猥褻さとは無縁だ。

バルコニーに続く窓の手前には、大き目の机が設置され、十数種類の辞書がラップトップを取り囲んでいた。

ミニキッチンの横には小さ目のツードア冷蔵庫があり、その隣にはワードローブがあった。扉は閉められたままで、中に収納されている衣類まではわからない。戸棚に食器は少なく、質素な暮らしぶりが、随所に見え隠れする。

玄関まで並んだ書棚の先には、安物のカラーボックスがあり、靴箱との隙間には単行本が積み上げられているのが見えた。孝則は、さらに顔を近づけて冊数を数えてみる。

十七冊あった。単行本はビニール紐で十字に結わえられている。

十七冊の単行本すべてから『リング』というタイトルが読み取れた。

驚愕のあまり言葉を失った孝則に、木原は説明を加えた。

「一目瞭然、すべて初版本です。なぜなら、『リング』は、増刷分から装丁が変わっているからです。ビデオテープを渡す女性の手をモチーフにした装丁は、初版のみですから、見ただけでわかります」

「リング……、木原さんは、本の中身について、ご存じなのですか」

「読んだことはありません。でも、業界では、ちょっと名の知られた代物です」

「小説ですか」

「いいえ、ノンフィクションという触れ込みです」

ノンフィクションなら木原の守備範囲であり、内容を知っていて当然だろう。

「柏田事件と接点はどこにあるんでしょうか」

「いや、まだなんとも言えませんよ。確認作業はこれからです。あなたがまだ生まれるか、生まれないかの頃だから、覚えていないでしょうね。失礼ですが、あなた、おいくつですか」

「二十八歳です」

「四半世紀前だから、知らないのも、無理もない。呪詛にまみれたビデオテープがあり、見た者は一週間後に謎の死を遂げるという都市伝説が、まことしやかに流布したことがあったんですよ」

二歳頃のことで、はっきり覚えているわけではなかったが、孝則は、噂が引いていった先の残り香を、小学校の頃に、うっすらと嗅いでいた。見た者を一週間後に殺す悪魔のビデオテープ……、確か、不幸の手紙の新バージョンとして扱われていたような気がする。

「どうにか、覚えていますね。小学校に入ったばかりの頃、友人同士で、話題にしたことがあったような……」

逃げてゆく噂の尻尾を、ほんの少し摑んだという感覚だった。

「その都市伝説の元ネタとなったのが、この本なのです。浅川和行という週刊誌記者が、ある事件の顚末を手記にまとめた後、不慮の死を遂げ、出版社に勤める彼の兄が本として出版したという触れ込みです。眉唾ものですね。話題作りのためのでっち上げでしょう。ノンフィクションの形式を借りた、創作であると、わたしはみています」

「わかりました、すぐに読んでみます」

「それが入手はなかなか困難でして。初版本の部数はたった五千。改訂二刷りから五刷りまで、二万二千部を売って絶版になりました。二年後に文庫化されて、こちらは六刷り六万二千部を売った後、一九九九年に絶版となっています。単行本、文庫本合わせて八万四千部が市場に出たので、まあまあ売れたほうですね。不思議なのは、初版本だけが、ほぼ完璧に、市場から消えてしまったことなんです。ところが……、もう一度、これを見てください」

木原は、写真の中、玄関先のカラーボックス横に置かれた本の束を指し示した。

「柏田の部屋には、まとめて十七冊もあったというわけですね」

「よくごらんになってください。その本の束に、どんな印象を持ちますか」

十七冊まとめて、ビニール紐でしっかり十字に結わえられているのだ。あたかも、新聞や雑誌を捨てるときのように。

「ゴミとして焼却処分するつもりだったのでしょうか」

「わたしもそう思いました。どう見ても、これは、捨てようとしているところです。しかし、なぜでしょう。極めて希少価値の高い本を、なぜ捨てようとするのか、意図がわからない。ネットオークションに出せば、確実に十倍以上の値がつきます。にもかかわらず、ビニール紐で縛って玄関先に放置され、今まさに捨てられようとしている。希少価値が高いにしては、扱いが雑過ぎると思いませんか」

言われてみれば、その通りだった。古書店に持ち込めば高い値のつく本を、なぜ無駄に捨てようとするのか。十七冊も集めた柏田が、本の価値を知らないはずがないのだ。

「柏田は、以前、出版関係に勤めていたのでしょうか」

版元の出版社に在籍していれば、同じ本を大量に所有していてもおかしくはない。

「いえ、柏田が出版社に在籍した事実はありません。わたしとしては、こちらの方面を、調べてみるつもりでいます。手記を書いた浅川和行は亡くなりましたが、兄の順一郎（じゅんいちろう）は、存命かもしれません。他にも、『リング』の出版に携わった人で、話の聞けそうな人物を、何人かピックアップしてみようと思うのです」

「どんな些細（ささい）なことでも構いません。何か、わかり次第、知らせてください。すぐに駆けつけます」

　今、もっとも頼りになるのは、長年の経験に培われた木原の取材力だった。

　孝則の手にある文庫本に希少価値はあまりなかったが、書かれている中身を知るためには何の不足もない。

見た者を一週間後に殺す悪魔のビデオテープにまつわる物語……。孝則は、読む前から、中身の信憑（しんぴょう）性を疑っていた。その一方で、どんな内容が飛び出しても冷静さを保つべきであると自分に言い聞かせていた。

　どうせ嘘だろうと嘲笑（あざわら）う気持ちと、非科学的な現象を斥（しりぞ）けてはならないと戒める気持ちの、相反する感情が混ざり合い、血管を脈打たせていた。

意を決して表紙をめくってすぐ、孝則の心は、巨大な眼に射貫かれた。

表紙を一枚めくった扉には、眼球をモチーフとしたカラーのイラストがあった。遺影に似た黒枠の中、黄色とオレンジ色を混ぜ合わせた背景に、無数の眼球が埋め込まれている。

上部中央、人間の瞳の全体像が、背景から浮き上がっていた。上まぶたと下まぶたに挟まれて瞳孔が正面を見据えている。なぜか下まぶたの一端が途切れ、輪の切れたリング状になっていた。

何者かに見張られているという強迫観念を押しやり、孝則は、本文を読み始めた。

6

「発端は一本のビデオテープだった」

文庫本の帯のキャッチコピーのひとつにはそうあった。

「これは事実の記録である」

ふたつ目のコピーでは、内容が実話に基づいていると謳っていた。

ようするに、本に書かれている中身は、「一本のビデオテープを発端とする、実際の出来事のレポート」ということになる。

孝則は、『リング』のページをめくっていった。あとにも先にも、これほどの集中力で本を読んだ経験はなかった。

事件の語り手は、週刊誌記者の浅川和行という男性だった。彼は、不可思議な事故と遭遇し、その原因について調べるうち、のっぴきならない状況に追い込まれ、体験を文書としてまとめることになった。今から四半世紀前の夏の終わり……。

浅川は偶然に、東京と神奈川で、四人の若い男女が同日、同時刻に原因不明の変死を遂げたことを知る。

別の場所で同時に死んだことから、彼ら四人には何らかの共通項があるはずと見当をつけた。

最初のうち、浅川が想像していたのは、四人の男女が共通の場で、食中毒のもととなった食材を口にしたか、新種のウィルスに感染したか、といった類いであった。

調べを進めるうち、四人は友人同士であり、死亡する一週間前に南箱根パシフィックランドの貸別荘、ビラ・ロッグキャビン、B－4号棟に宿泊していた事実を突き止める。

一気にそこまで読んだところで、孝則は、ページをめくる手を休め、顔を上げた。

南箱根パシフィックランドという名称を、はっきりと覚えていたからだ。カーナビの誤作動によって最初に導かれた場所である。

浅川が、単身、南箱根パシフィックランドにレンタカーで乗り込んだときは、孝則と茜がドライブした午後の好天とはうって変わって、夜の雨模様であった。にもかかわらず、風景描写から、別荘地に至る山道の様子がはっきりと浮かんだ。段々畑に挟まれてうねる細い山道の両側から、丈の高い草が柳のように生い茂り、ところどころトンネル状になっていた。

インフォメーションセンターで道を訊いた後、浅川の運転する車は左方向へと進んでいった。

孝則はその道も覚えている。カーナビに導かれたコースとまったく同じだった。やがて、浅川の車は、貸別荘、ビラ・ログキャビン、管理人室前の駐車場で停止した。

今、そこに建物が何もないことを、孝則は知っている。数棟あった別荘は取り払われ、谷底に続くなだらかな斜面は野原となっていた。そして、道路から数十メートルばかり入ったところには、ぽつんと古井戸があった。

草むらから突き出た古井戸は、胴体を土中に埋められて顔を出す人間の首のようにも、変形した墓石のようにも見え、一歩二歩と後退するうち、両腕に鳥肌がたっていった。

浅川がここを訪れた当時、古井戸と別荘棟とはどのような位置関係にあったのだろうか……、孝則はその疑問を保留させた上で、先を読み進めた。

浅川は、ビラ・ロッグキャビンで、一本のビデオテープを発見し、変死を遂げた四人の男女が共通に背負い込んでしまったものが、ビデオの映像であると結論づけた。映像には、不気味で断片的なシーンが羅列されて意味不明であったが、ラストの部分で、「見た者は一週間後に死ぬ運命にある」と予告していた。そして、死から逃れるための方法が記録されている箇所が、重ね撮りによって削除されていたのだ。

四人の男女は、この部屋でビデオの映像を見て、いたずら心を起こし、一週間後の死から避ける方法を消した上で、後の宿泊客に見せるべく細工をしたらしい。

彼らは、ビデオの映像を見たにもかかわらず、死から逃れる方法を実行に移さなかった。ビデオ映像の予告を信じないどころか、どこかバカにする態度で臨んだに違いない。

期せずして映像を見てしまった浅川は、パニックに襲われた。彼は、映像の予告が本物であることを知っている。このまま何もしないでいれば、間違いなく、四人の男女と同じ運命を辿るだろう。事ここに至り、不可思議な現象に対して、非科学的と笑う気にはならない。

浅川は、東京に戻るや、自分ひとりの力ではいかんともし難いと悟り、高校時代の友人に助力を求める。彼の名前は高山竜司。高校時代から秀才として鳴らし、大学の医学部を卒業した後に専攻を変え、文学部哲学科の講師を務める変わり種だった。超常現象にも詳しく、おまけに大胆不敵。謎を究明するためには、どうしても必要な人物だった。

竜司は、浅川の話を聞いて、鼻でせせら笑い、「まず、そのビデオを見せろや」と、死の恐怖などものともせず、怪奇現象と渡り合う決意を示す。

浅川によってダビングされたビデオテープを受け取るとすぐ、竜司は、一見荒唐無稽と思われる映像を、論理的に分析していった。

そんなとき、ふとしたはずみで、浅川の妻と幼い娘がビデオ映像を見てしまうというアクシデントに見舞われる。浅川は、自分の身のみならず、妻と娘の命を救うために、未知の恐怖と闘わざるを得なくなってしまった。

孝則には、浅川の気持ちが痛いほどわかった。

浅川の苦悩をよそに、竜司は嬉々として、ビデオ映像の分析を進めていた。

彼が第一に問題としたのは、ビデオテープの出自だった。なぜ、こんなものが生まれたのか、その理由を解明することが、一週間後の死を解除する方法の発見につながると見当をつけた。

断片的なシーンを数えてみると、全部で十二個ある。さらに、十二のシーンはふたつのグループに大別できた。ひとつは、抽象的な心象風景ともいえるシーン。もうひとつは、網膜を通して眺められた現実のシーン。そして、現実のシーンにだけ、画面が真っ暗になる一瞬が、ほぼ等間隔で現れることに気づいた。

竜司は、黒い幕に閉ざされる一瞬が、「まばたき」ではないかと推測し、ある人物が実際に見た風景と、心に抱いた心象風景が、ビデオテープに念写された可能性が高いと結論づける。

映像を念写できるとなれば、その人物の超能力はずば抜けていて、相当に人目を引くに違いない。日本にいる超能力者に関するデータを洗い直し、竜司は、ついに映像を念写したであろう人物を突き止める。

その人物の名前は、山村貞子。

竜司と浅川は、悪魔のビデオテープと密接な関わりを持つ貞子の人生を調べ始める。

貞子は、不世出の超能力者、山村志津子と、心理学者、伊熊平八郎の娘として一九四七年に伊豆大島で生まれ、高校卒業後に上京して「劇団飛翔」に入団し、女優を志す。端整な顔立ちの貞子は、劇団にあって異彩を放っていたが、志半ばで消息を絶ってしまう。

一体、貞子はどこに消えてしまったのか……。

八方手を尽くして調べるうち、竜司と浅川は、南箱根パシフィックランドがあった場所には、以前、結核療養所の施設が建っていたことを知る。貞子の父は、療養所の入院患者であった。

竜司は、療養所に父を見舞っているときに貞子を襲った悲劇を暴き出す。療養所の医師であり、日本最後の天然痘ウィルスのキャリアである長尾に強姦され、貞子は、井戸に投げ込まれていたのだ。

孝則は、そこで再び本から顔を上げて、施設が様々に変遷していく様を思い浮かべた。結核療養所から、南箱根パシフィックランドのビラ・ロッグキャビン、そして現在は、なだらかな野原……。環境がどう変わろうとも、ただひとつ古井戸だけは、療養所裏庭の灌木に身を隠し、ビラ・ロッグキャビンの縁の下に身を潜め、ずっとそこにあり続けた。

山村貞子は、二十歳前後の若い身空で井戸に投げ込まれ、不遇の死を遂げた。死が訪れるまで時間がかかったに違いなく、その間、水気が多く、密閉された狭い空間に、怨念を充満させていった。

孝則は、コンクリートの蓋と、石の隙間から漂い出る妖気が、生暖かな風に運ばれて草を揺らし、素足を撫でて吹き上がってきたときの感触をはっきりと覚えている。

悪魔のビデオテープが誕生した、ビラ・ロッグキャビンB－4号棟は、まさに古井戸の真上に存在したのだ。

床板の上にはリビングルームがあり、コーナーにはテレビとビデオデッキが設置されていた。デッキの中に挿入され、録画モードになっていたビデオテープに、貞子の怨念は染み込んでいった。

そんな状況を踏まえた上で、竜司と浅川は、一週間後の死から逃れる方法が、「古井戸の底をさらって貞子の遺骨を拾い上げ、供養すること」ではないかと推測する。

その夜の十時という、浅川のタイムリミットは尽きようとしていた。

ふたりは縁の下に潜り、上部を覆うコンクリートの蓋を取り払い、井戸の底に降り、バケツで泥水をすくい上げていく。

閉所恐怖症ではなかったが、孝則は、そのシーンを読んでいるだけで、息苦しさを覚えた。人間の身体がようやく通り抜けられる程度の縦穴を、ロープを伝って降り、底に溜まった泥水をすくい上げるなんて行為が、果たしてできるものなのか……。考えただけで、孝則はぞっとする。たとえ妻と子どもの命を救うためであっても、簡単にはできそうになかった。というより、究極の選択を強いられる展開を、想像力が拒否していた。

ところが、竜司は、人並みはずれた豪胆さと好奇心でそれを為し、一方の浅川は、妻と娘の命を救いたい一心で、過酷な状況に身を置いた。

努力の甲斐あって、浅川は、ようやく泥の中から貞子の頭蓋骨を発見し、拾い上げて広い空間へと持ち出すことに成功する。

タイムリミットが過ぎても、浅川は生きていた。竜司と浅川は、謎を解いたことを確信し、貞子の遺骨を大島の実家に運んで供養したのだった。

これにて一件落着かと思われたが、事はそう簡単には運ばなかった。

なんと、翌日の夜、タイムリミットを迎えて、竜司が、自宅アパートで変死を遂げてしまったのだ。竜司の死は、教え子である高野舞という女性によって発見される。浅川の思考力は、麻痺する寸前にまで追い込まれた。なぜ、竜司は死んでしまったのか、理由がわからない。ビデオテープの謎を解き、呪いは除去されたはずではなかったか。謎解きが間違っていたのだとすれば、なぜ自分は生きているのか。

論理的に導かれる結論はひとつしかなかった。

ビデオテープの魔力から逃れる方法は、貞子の遺骨を拾い上げて供養することとは別に存在するということ。そして、一週間のうちに、浅川は、悪魔のビデオテープが指示する中身を、無意識のうちに、実行に移していたということ。

ビデオテープの願望に添う行動で、浅川がやっていて、竜司がやらなかったことは何か。

浅川は、必死の思いで、この一週間に取った行動を洗い直す。

ヒントはウィルスだった。事件の発端から、ウィルスが絡んでいる気配をひしひしと感じていた。おまけに貞子を殺した長尾は、日本最後の天然痘ウィルスのキャリアだ。ウィルスの願望が、貞子という肉体内部でブレンドされた可能性がある。

ウィルスは、感染した宿主の力を借りて増殖する。その願望を、ビデオテープに当てはめれば、ひとつの答えが見えてくる。悪魔のビデオテープの願望とは、「ダビング して、まだ見ていない第三者に、映像を見せること」ではないのか。

知らぬ間に、浅川は、この願望を充足させていた。彼は、ビラ・ロッグキャビンから持ち帰ったビデオテープをダビングして、竜司に見せていたからだ。

ビデオの呪いを解く方法が「ダビング」であると確信するやいなや、浅川は、妻と娘を救う具体的方法を考える。妻の両親に頼み込んで、人身御供になってもらうしかなかった。実の両親なら、娘と孫を救うため、命を賭して、危険を引き受けてくれるはずだ。ビデオをダビングして別の人間に見せれば、両親もまた、とりあえずは、危機を回避することができる。

こうして浅川は、妻と娘の命を救うために、悪魔のビデオテープを世界に解き放つという選択肢を取る。

浅川が、妻の実家のある足利に向かうところで、『リング』と題された物語は終わっていた。

読み終えて、孝則の背中は、ぐっしょりと冷たい汗に濡れていた。汗はシャツを通り越してイスの背もたれに達し、べとべととした嫌な感触でレザー張りの生地が張りついてきた。

呼吸が荒く、息が苦しかった。自分の心臓が立てる鼓動が聞こえるようだった。

孝則の心には、最後に浅川が取った選択が重くのしかかる。

悪魔のビデオテープを世界に放つべきか、あるいは、妻と娘の命と引き換えに、社会に蔓延(まんえん)するであろう被害を最小限に抑えるべきか。

究極の選択を前に、孝則の想像力はシャットダウンしそうになる。

常日頃、父から言われていた。

「恵まれて育った者には、社会に貢献する義務がある」

もし、自分が、身近な者から虐待され、心の中が社会への怨念で満たされていたとしたら、迷いもなく、世界に悪を解き放つだろう。いや、悪の化身となって、自分を生み出した世界に復讐(ふくしゅう)を果たすかもしれない。

二者択一を迫られる自分の姿など、想像するのも嫌だった。しかし、このシチュエーションが単なる想像で終わらない可能性があって、孝則は必要以上に怯(おび)えるのだ。

浅川は、南箱根パシフィックランドで悪魔のビデオテープを拾い、ダビングして竜司に渡した。

孝則は、米田から渡されたＵＳＢメモリに保存された映像をダビングして木原に渡した。

浅川の妻と娘は、デッキに挿入されたままのビデオを再生し、なにげなく見てしまう。パソコンに保存された映像を見てしまった茜の子宮には、孝則の子が育ちつつある。

この類似をどう考えればいいのか……、真綿で首が紋められるように、『リング』に書かれている状況がひたひたと迫ってくる。

7

木原の事務所を訪れる時間は、二回とも午前十一時だった。

時間帯が同じためか、歩きながら目にする日常の風景に、大きな変化はない。それどころか、事務所のあるマンションを目前にして、つい同じ行動を取りがちになる。

孝則は、いつの間にかマンション手前の橋の途中で歩みを止めて、川面に視線を落としていた。

立ち止まってから、意識の動きにちょっとした分析を試みた。前々回は、待ち合わせ時間に早過ぎたための、時間調整の意味があった。今回は何だろうかと。

橋の欄干に両手をついて上半身を乗り出すと、黒い川の流れが迫ってくるように見えた。昨日、雨が降ったわけでもないのに、水かさが増えているような気がした。

実際、水量に変化があるわけではないと、孝則は心得ている。『リング』に描写された、井戸の底に溜まった汚水のイメージが、現実の風景と重なり、存在感が強まったというに過ぎない。黒く、得体の知れないリアリティが、水膨れしてきたのだ。

木原と会って話を聞くたびに、貴重な情報がもたらされた。昨日、木原は、持ち前の取材力を駆使して、『リング』事件の周辺を調べたはずである。今日、これから、どんな展開が待ち構えているかと思うと、知りたくない気持ちが勝り、事務所に向かう足を鈍らせるのだ。

類推を推し進めれば、浅川にとっての高山竜司は、孝則にとっての木原剛ということになる。豪胆不敵な竜司に比べ、木原は年齢もずっと上で、温和で思慮深く、優しげな表情をたたえている。性格はずいぶん異なるけれど、木原の力がなければ一歩たりとも前進できない状況は、浅川が置かれた立場と同じだった。

『リング』に描写された状況と、現実は、酷似している。ただひとつ違うのは、USBメモリに録画されていた自殺画像は、充分に不気味ではあっても、死の予告がどこにもないということだ。

橋の欄干に手をついたまま、まだ動く気が起きないのは、その点に関して、妄執にとらわれていたからだ。

……これから、木原によってもたらされる情報が、死の予告に関するものであったら、正気を保てるだろうか。

ものごとを曖昧なまま放置できたら、どんなに楽かしれない。できれば、このまま踵を返して、家に戻りたかった。忍び寄る怪異など井戸に投げ込み、コンクリートで蓋をしたかった。

孝則は、欄干の根元に蹴りを一発入れ、爪先に痛みを与えた。確かな手応えが、覚醒をうながしてくる。

未来に待ち構える災厄の正体を正確に摑まなければ、闘う対象を絞り込むことができない。物事を明晰にしないまま、曖昧さの中に逃げていたら、大切な存在がするりと指の先をかすめてこぼれ落ちていく悲劇を招きかねない。

臆病さから出た判断は、事態をより悪くする方向に作用する。仮に、死の予告めいたことがもたらされるとしたら、正面から受け止め、しっかりと見据えた上で、回避する行動を考える以外になかった。高山竜司は、それをやろうとしたのだ。

腕時計に目を落とし、約束の十一時を五分ばかり過ぎているのを確認して、孝則は歩き始めた。

橋を渡り終えた先のマンションロビーから入って事務所の前に立ち、インターホンを押した。

前回も、前々回も、すぐに室内から応答があったが、今回、インターホンの小さなスピーカーはうんともすんとも音を立てない。

ふと嫌な予感に襲われた。『リング』の中の高山竜司が木原に当てはまるとしたら、彼は、予期せぬ死を迎えることになる。

孝則は、もう一度インターホンを鳴らし、息をつめた。

やはり、中からは何の反応もなかった。ドアに耳をつけて中の様子をうかがっても、人のいる気配がまるでない。ごくりと唾を飲み込んで、孝則は、ドアノブに手をかけた。内側からカギはかけていなく、ドアノブは簡単に回って、その反動でわずかな隙間ができた。

「や、安藤くん、すまん、すまん」

声が聞こえたのは、室内からではなく、背後からだった。孝則は、驚きのあまり、腰を抜かしそうになって、ドアに縋りついた。倒れないように身をよじりながら振り向くと、ウーロン茶のペットボトルを二本抱えた木原が、目と鼻の先に立っていた。

「冷蔵庫に何もなかったものですから」

木原は、マンション前の自販機で買い物をして戻ってきたところだと言う。

孝則は、動揺を悟られまいとして、わざと明るく「あ、お早うございます」と挨拶したが、足先の震えが声に伝わり、語尾がかすれていった。

この程度のことで冷静さを失う自分が情けなかった。

「さあ、どうぞ。お入りください」

木原にうながされて入室した孝則は、幾分乱暴に靴を脱いだ。

『リング』を読んだ感想をひとしきり述べあった後、ふたりは同時にウーロン茶のペットボトルに手を伸ばして、喉の渇きを潤した。温くなってしまったペットボトルを手で持ち上げたあとには、リング状の小さな水溜まりが残っていた。ボトルの表面を伝い落ちた水滴がつくったものだ。

「書かれている内容が、事実であるか否かを問うのは、時間の無駄でしょう。ざっと調べた結果、『リング』に登場する人物は、すべて実在します。しかも、ほぼ全員に、実名が使われています」

孝則の口から思わず溜め息が漏れた。事は悪い方向に進んでいる。実在する登場人物が、描写された通りの行動を取っているとすれば、フィクションが入り込む余地はない。

「浅川和行も、高山竜司も、実在するんですね」

孝則は、無意味な確認をした。

「実在します。ただ、何しろ、二十五年前のことですから、既に亡くなっている方も多くいます。残念ながら、本を出版した浅川の兄、順一郎も、六年前に癌で亡くなりました。具体的な話を聞ける唯一の人物として、期待したのですが……」

木原の言い方からは先の展開が読めてくるようだった。訊きたくはなかったが、知らぬままに済ますわけにはいかない。孝則は、意を決して、問いを発した。

「その後、浅川と、彼の妻子は、どうなりました」

『リング』のラストは、妻子の命を救うため、浅川が運転する車が義父母の住む足利に向かうところで終わっている。彼が望んだ通りに事が運んで、妻子の命が助かったかどうかは、不明のままだ。

「死にました」

木原の答えは非情だった。

「死んだ……」

孝則は、かすれ声と一緒に、身を乗り出した。

「浅川の妻と娘は、ふたり同時に、心臓の冠動脈瘤が原因で急性心筋梗塞を起こし、死亡しています。浅川の死は、交通事故が原因です。事故で重傷を負って意識不明に陥り、目覚めることなく、息を引き取ったのです」

孝則は頭を抱えた。『リング』を読んでいて、強く感情移入できたのは浅川だった。感情移入どころか、自分の分身のように感じられた。父として、夫としての義務感から、縁の下の古井戸に潜り、貞子の遺骨を拾い上げるという離れ業をやってのけた。

にもかかわらず、彼の奮闘はすべて水泡に帰したというのか。

「なんて無慈悲な」

木原は孝則の心中を察し、しばらく黙っていた。彼にしても他人事ではなかった。孝則と浅川がイコールで結ばれる等式が成り立つとすれば、物理的影響力が及んでくるのは、孝則ではなく、木原のほうが先だ。

「『リング』の関係者で、既に死んでいる人々は、ふたつのグループに大別できます。ひとつのグループは、明らかにビデオテープを見たことによる影響で死んだ者。こちらはすべて、心臓の冠動脈に肉腫ができ、急性心筋梗塞を起こしています。事の発端である四人の男女、高山竜司、浅川の妻子……、すべて同じ症状です。一方、浅川和行、順一郎、高野舞は、病気や事故で死んでいて、ビデオテープの影響とは無関係のように見える」

「高野舞……」

どこかで一度目にした名前だったが、思い出せない。

「K大学文学部哲学科に在籍した学生で、高山竜司の弟子です。竜司の死体の第一発見者でもある」

木原はそう言いながら立ち上がり、キャビネットからファイルの束を取り出してきた。

　孝則は、ひとつひとつ手に取って中身の資料をあらためた。『リング』に関わった人物のデータが、生存者と死亡者に大別された上、項目ごとにまとめられているようだった。ファイルは二部あり、一部は孝則のためにコピーされたものらしい。

　五つのファイルには、「家族、知人友人」「出版関係」「医学関係」「映画関係」「その他」とラベルが貼られていた。なぜ「映画関係」のラベルがあるのか、孝則は、気になった。

「映画関係って、どういうことです？」

「二十五年前、『リング』を原作とした映画の企画が立ち上がり、キャストまで決まっていたのに、なぜかお蔵入りになってしまったんですよ。ファイルに収められているのは、映画を企画したスタッフや、キャストのデータです。安藤くんは、映画関係の仕事をしているから、ちょうどいい。何人かに当たって、当時のお話をうかがってみたら、いかがです。連絡先は明記してあります。明日から、手分けして取材といきましょう」

　プロダクションのコネを辿れば、間違いなく、当時の監督やプロデューサーに渡りをつけることができるだろう。

「わかりました。さっそくやってみます。ところで、こちらは……」

　もうひとつ、孝則が身近に感じるジャンルがあった。「医学関係」と記されたラベルである。

「ビデオテープを見たことが原因で変死した人間は、当然、司法解剖されてます。医学関係者といっても、病気を治すほうではない。犠牲者たちを解剖した法医学者や監察医、細胞を生検した病理学者たちです。こちらは、明日、わたしが当たるつもりです」

監察医という言葉に反応して、孝則はファイルから資料を取り出し、ぱらぱらとめくってみた。一枚のプリント上部に見慣れた名前を発見して、指でさし、孝則は顔を上げた。

「これは……」

「K大学医学部法医学教室の講師、安藤満男（あんどうみつお）。高山竜司を解剖した執刀医です。明日、この人物に連絡を取ろうと思っていたところです」

偶然ではない。これは必然だった。二十五年前、貞子によって念写されたビデオ映像と、USBメモリに保存された白殺画像は、一本の線で繋（つな）がっていたのだ。

「その必要はありません。ぼくがやります」

孝則の申し出を意外と感じたのか、木原は困惑の表情を浮かべた。どこの馬の骨ともわからぬ若輩者が、大病院の理事長というポストにある重鎮にアポイントメントが取れるかどうか、怪しんでいるに違いない。

「いや、しかし……」

「心配ご無用。この人、ぼくの父ですから」

「なんと……」

木原の目は、滑稽なほどに、見開かれていった。二十五年前、父の満男は、確かにK大学医学部の法医学教室に籍を置いていた。都内の大学に在籍する監察医は少なく、法医学者が監察医を兼ねることは多く、満男が、高山竜司を解剖していたとして、何の不思議もなかった。

USBに保存された画像に起因する事件の根は、深く、遠いところにあったのだ。地中深く張り巡らされた根の一部が、ようやく今になって、地表から顔を出したというに過ぎない。

戸籍上、二年にも及んで死んでいたという謎の答えが、このあたりから導けるのではないかと、孝則は見当をつけた。

壁の時計は十二時十分前を指していた。明日と言わず、今すぐに動くべきだった。駅前でランチをとり、これから病院の理事長室に乗り込む。

前回は妥協して、つまらないおとぎ話を信じたフリをしたが、今回、それはなしだ。たとえ父であっても、容赦するつもりはなかった。

嘘偽りなく、真実を吐露しているという確証が得られるまで締め上げる……、孝則は、そう決意して木原のもとを辞した。

第四章　悪　夢

1

「どうぞ、ソファにおかけになってお待ちください」

秘書にそう言われても、従うことなく、孝則は、窓辺へと歩いて、ガラス窓に頬を寄せた。都内有数の公園をプライベート庭園のように見下ろせるロケーションは見事というほかなく、父がこの部屋を気に入っている気持ちがよくわかる。

「理事長は、五分ほどでいらっしゃいます」

秘書は、そう言い残し、一礼して去っていった。

梅雨時には珍しく、午後になって風が強くなってきたようだ。

巨大な窓ガラスをよぎって、木の葉が二、三枚吹き飛ばされていった。公園の池に、風に吹かれてさざ波が立つのを見て、孝則の脳裏には、小学生に上がってすぐの頃に訪れた榛名湖(はるなこ)が思い出されてくる。冷たい冬の風が吹く中、スケート靴を履いた子どもたちが、氷におおわれた湖面を走り回っていた。

分厚い窓ガラスを通して見る池の表面が、季節はずれの湖を連想させてきたらしい。

父は、仕事の合間を縫っては、孝則をあちこち連れ出してくれた。日本各地の風光明媚(めいび)な国立公園を巡った後は、テリトリーを海外に広げ、世界遺産を案内して見聞を広める役を買って出た。父と母から、与えられた体験の数々は、孝則にとって大きな財産である。しかし、過去を振り返ると、なぜか、水にまつわるシーンばかりが思い起こされてくるのだった。

ノックもなくドアが開く音がして、孝則は反射的に振り返っていた。

ゆっくりと入ってきた満男の目には、不満げな色が表れている。

……なぜ、家に来ないで、理事長室にばかりやって来るのか。おまけに、事前に何の連絡もなく。

孝則は、満男の不満を読み取り、同じく、目だけでその理由を訴えた。

……わかるだろ。こんな話を、母さんに聞かせるわけにはいかないんだ。

視線のやり取りをすませると、満男は、ソファの背後を回って、孝則に座るようにうながした。孝則は、正面ではなく、満男の顔を斜め右に見る位置に座った。

「父さん、正直に言ってほしい。でないと、あなたの身には、二十五年前の悪夢が蘇(よみがえ)るかもしれない」

二十五年前の悪夢とは、愛する者を失うという事態であり、それは孝則自身にも当てはまる。

孝則は、包み隠さず正直に言ってほしいと釘を刺した上で、これまでの経緯を語り始めた。息子がのっぴきならない状況に陥っていることを理解すれば、しらじらしい作り話で取り繕うことはできなくなるという読みがあった。

孝則の話を聞き終えても、満男は、まばたきひとつせずに壁の一点を見つめ続けた。父の癖だった。未来に関することをあれこれ考えるとき、彼の瞳孔は目まぐるしく動き、過去に関する出来事を思い出そうとするとき、彼の瞳孔はじっと一点に固定される。

「『リング』は、わたしも読んだことがある。本ではない。フロッピーに保存された文書をプリントアウトしたものだった」

「読んでいるのなら、話は早い。高山竜司を解剖して、わかったことを教えてほしい」

「普通、心筋梗塞というのは、動脈が硬化して内膜が狭くなり、血のかたまりが詰まってしまう症状のことを言う。しかし、竜司の場合、左冠動脈回旋枝の手前で閉塞を起こしていた。閉塞の原因は肉腫で……」

孝則は、両手の平を満男に向け、ストップをかけた。左冠動脈にできた肉腫のことは、木原が手にいれた資料に記されていて、既に知っている事実であった。

「父さん、医学的な講釈は結構。ぼくが知りたいのは、この理不尽な現象の意味です。

発端となった四人の若い男女、浅川の妻子、高山竜司……、みんな、山村貞子なる女性が念写したビデオ映像を見ることによって死亡した。一体、これは何かの冗談ですか。あるわけないでしょ、そんなこと。医師として、父さんは、この茶番をどう説明するのか、率直なところを聞きたいのです」

「常軌を逸している、というわけだ」

「世界は狂っているのですか」

「ときどき、幻覚に襲われることがあるよ。われわれが、慣れ親しんできた世界は、一度、発狂して、滅びてしまったのではないか。今、生きている世界は、以前とは別物の世界ではないか、と」

「どんな世界であっても、その仕組みを解明しようと努力するのが、科学者の役目でしょう」

「ばかばかしい現象であっても、できる限り筋の通る理由を、考えようとした。必死でな。その結果、浮上したのは、未知のウィルスだった」

「ウィルス……」

『リング』の中でも、ウィルスというタームが、キィワードとして幾度となく語られていたため、満男の口からその言葉が出て、しっくりと納得するところがあった。

「われわれはできる限りデータを集め、被害者を大きくふたつのグループに分類しようと試みた。ビデオテープの映像を見てその指示に従わず死んだ者と、指示に従ってその影響から逃れ得た者の、ふたつのグループだ。浅川和行と高野舞は、ビデオテープを見て指示に従ったが、偶然に、不慮の事故が原因で死んで解剖に回された。浅川は交通事故、高野舞はビル屋上の排気溝に転落して衰弱死した。したがって、このふたりは、ビデオテープの指示に従って影響を免れたグループに分類される。

両方のグループを解剖して、組織を取って病理に回したところ、両者の身体から、未知のウィルスが発見された。

ごくかいつまんで言えば、こういうことだ。ビデオの映像を見るという意識作用によって体内に新種のウィルスが生じ、そいつが心臓の冠動脈に肉腫を作り、血流を止め、急性心筋梗塞を起こさせる。意識の力が物理的作用を及ぼすメカニズムは、珍しいことではない」

「しかし、ビデオテープの指示に従った者の冠動脈に、肉腫はできなかった。ウィルスの力は封じ込められたということですか」

「ビデオテープの映像を見てその指示に従わなかった者と、指示に従った者の間では、ウィルスに変化が現れていたんだ」

「変異したというわけ？」

「そう。前者の場合、ウィルスは輪の形をしていたので、われわれは便宜上、リングウィルスと名づけることにした。ところが後者の場合、輪が途切れて、精子に似た形状を示していた。Ｓの字を描き、蛇のようにのたくっている姿を、わたしは、電子顕微鏡で見たんだよ」

「つまり、リング状のウィルスと、Ｓ状のウィルスの二種類に分類でき、前者は、心臓の冠動脈に肉腫を形成し得るけれど、後者からはその効力が失せているということですね」

「その通りだ」

「じゃ、後者の効力は何なのです。Ｓ状のウィルスは、人間の身体にどんな悪さをするのですか」

「何もしない……」

「そんなバカな。だって、浅川も、高野舞も、死んでるじゃないですか」

「不慮の事故が原因であって、ウィルスとは何の関係もない」

孝則には信じられなかった。冠動脈に肉腫を形成し得るほどに邪悪なウィルスが、たとえ変異したからといって、人畜無害になるとは考えにくい。変異を遂げ、さらに凶悪な力を手に入れたと考えるほうが、筋が通るように思える。

「父さん、もし、ぼくが既に、そのウィルスに感染しているとしたら、どうしますか」

「有り得ない。そんなことは……」

「なぜ、そう言えるのです」

「すべて、終わったことだ。二十五年前、ウィルスは消滅して、人類は、多様性を失うという危機を乗り越えたんだ」

孝則は、斜め横の位置から、満男の目を覗き込んだ。視線の力に耐え切れず、満男の目は逆方向へと泳いだ。

……嘘をついている。

孝則の心に確信が生まれた。大方のところ、父は起こったことを正確に述べようとしている。だが、あるラインから先を隠蔽しようとする意図が見え隠れするのだ。

「父さん、お願いだ。本当のことを言ってほしい」

「何ひとつ、嘘なんて、ついておらんよ」

「隠していることがあるのなら、嘘をついているも同じだ」

「おまえはまだ若い。これまでに生きてきた年月の倍以上も、これから先、生きるだろうし、切実にそう願いたいところだ。その長い人生を、なるべく幸福に生きるためには、知らないでおいたほうがいいこともあるんだ。知ったがために、洋々たるおまえの人生が、辛く苦しいものに変わってしまうことだってある。いや、これはたとえとして、言っているに過ぎない……」

「父さんは、ぼくを甘く見ている。真実の重さに負け、ぼくがへこたれると決めてかかっている。子どもの頃から、ぼくは父さんの薫陶を受けてきたつもりだ。将来に待ちかまえるかもしれない危険から目を逸らすな……、たとえ見たくない現実であっても目をつぶるな……、ことあるごとに、父さんは、そう言ってきた。忘れたんですか」

「なに、人の受け売りだよ」

満男は額の汗を手の甲で拭った。

「いや、父さんの心から出た言葉だ」

満男は、顔を赤く歪め、テーブルを叩こうとした拳を空中で止めた。怒鳴り声を上げたいところをじっと堪え、言葉を飲み込み、肘をついて手の平を目に当てた。

「父さんの願いはひとつしかない。おまえに幸福な人生を歩んでもらいたいというだけだ。せっかく授かった命なんだから……」

「だから、そのためにこそ……」

「勘弁してくれ。おまえのためなんだ」

悄然と頭を垂れる父の姿を見ていると、孝則の意志は挫けそうになる。追及の手を緩めないつもりで、理事長室に乗り込んできたのが、つい甘くなってしまう。頭ごなしに怒鳴られていたら、感情的になってもっと強い態度に出られただろう。しかし、相手が弱気に出るほど、自分もまた弱気になっていく。他人ではなく、血の繋がった親子だけによけい、両者の気持ちは比例して移ろうのだ。

満男は、テーブルのインターホンを押して、秘書を呼び出した。

「お客さんがお帰りだ」

「ぼくはまだ帰るつもりはありませんよ」

「わがままを言うものではない。こっちは忙しいんだから。とにかく、すべて終わったことだ。心配はない。ウィルスが復活することはない」

「なぜ、終わったと言えるのか、根拠を教えてほしい」

満男は反動をつけてソファから立ち上がり、その勢いを借りて言った。

「なぜなら、柏田が死んだからだ。その事実を覆すことはできない」

満男は、柏田の死を確信しているようだが、孝則は、その点を怪しいと考えている。USBメモリの画像は、パソコン本体に移されたとたん変異を遂げ、柏田の姿はどこへともなく消えていった。まるで、雲のごとく浮かぶネットワークに吸い込まれるように……。

そして、もぬけのからとなったロープの輪は、『リング』の初版本に焦点を合わせていた。

強く、何者かの意図が感じられるのだ。

……一体、だれの意図か。

むろん、柏田本人である。孝則が、柏田の死を簡単に信じることができないでいるのは、そのためだ。

2

ホテルのロビーで米田と落ち合ってから、孝則は、エスカレーターで地下一階に降りた。

もうすぐ記者会見が始まるとあって、地下のロビーは、撮影機材を抱えたマスコミ関係者でごった返している。

孝則は、そんな彼らを横目で見ながら会場に入り、空いたイスを探して座った。

二百個ばかり並べられたパイプイスの最後列と壁の間には、ぎっしりとテレビカメラが並び、前方の席は、テレビのレポーター、週刊誌やスポーツ新聞の記者たちで占められている。

記者会見会場となっているホテルは、スタジオ・オズの事務所が入っているビルの隣だった。宣伝協力するあてもないまま、物見遊山でやって来た米田と孝則は、遠慮がちに空いたスペースに身を落ち着けた格好である。

五、六分もすれば、話題の新作映画『スタジオ104』の完成披露の記者会見が開かれ、メインキャストを始め、監督やプロデューサーが、ステージに登壇するはずだった。
米田は小さな目を丸くして、孝則の耳に顔を近づけた。

「知ってるか。USBメモリの自殺画像、ネットの動画サイトにアップされて流出したという触れ込みだったが、どうも違うようだ」

「嘘なんですか」

「ようするに、別物だ。たまたま、自殺の生中継がネットで話題になっていたため、便乗したというだけだ。本当は、酒田清美のメールに、直接、添付されて、送りつけられてきたものらしい」

米田から話を聞いたとき、孝則は、どこか腑に落ちないものを感じていた。動画サイトにキワモノ映像がアップされれば、必ずダビングする者が出て、削除してもすぐにコピーがアップされるといういたちごっこが続く。にもかかわらず、録画されて残された映像が、孝則が受け取ったUSBメモリ一本だけというのは、どう考えても変だった。

「なぜ、酒田清美は、そんな嘘をついたんでしょうかね」

「さあ、わからん。どうやら、複雑な事情が絡んでいるようだな。噂をすればなんとやら。ほら、御大が、お出ましになった」

会場全体がフラッシュに包まれる中、メインキャストを中心に、監督とプロデューサーが登壇してきた。しんがりをつとめるのは酒田清美であり、膝丈のスカートからのびた足を舞台の端にかけ、均整のとれた身体を引き上げたとき、フラッシュが焚かれる量は一際増した。年齢不詳と言われているが、その経歴からして、五十歳前後であるのは間違いなかった。おまけに十代と三十代の後半で、父の違う子どもをひとりずつもうけている。年齢と不釣り合いの美しさ、妖艶さが、この場にいる人間の興味を引きつけるのだろうか、孝則には、焚かれるフラッシュの量が、主演女優の麻生蓉子を凌駕しているように見えた。

映画『スタジオ104』は、酒田清美が企画、制作した作品で、そのことが話題に拍車をかけていた。

舞台中央を占めるのは、主演女優の麻生蓉子だった。助演男優の中原勇二と立木義広が両脇から彼女を挟み、向かって左端に安斎監督、右端に酒田清美と、キャストとスタッフ合わせて五人の布陣であった。

孝則は、ステージ上の光景に、過去に行われたかもしれない架空の記者会見を重ねていた。

二十五年前、酒田清美は『リング』の主演女優として、記者会見の中央に座るはずであった。ところが、シナリオの第一稿が出来上がり、キャストがほぼ決まろうとする段階で、映画の企画はつぶれてしまった。

昨日、木原から渡されたファイルには、映画『リング』がお蔵入りになった事情が、憶測を含め、かいつまんで記されていた。孝則は、何度も繰り返し読み込んで、細部まで覚えている。

木原から渡されたファイルは、どれもこれも見事に手際よくまとめられていた。電話をして話を聞いたり、足を運んで調べたものもあったが、半分以上は、ネットで検索して引き出した情報である。

孝則が、これと同じことをしようとすれば、優に一週間はかかってしまうだろう。木原は、それをたった一日でやり遂げていた。

ファイルによると、『リング』の主演女優は、二転三転したらしい。当初、オーディションによってまったくの新人が決まりかけたものの、一身上の理由で降板した後、新進女優の酒田清美（芸名、相沢菜緒）が大役を射止めたのだった。

ファイルは、お蔵入りになった原因が、酒田清美にあるとほのめかしていた。真相がどうであったかは藪の中であり、憶測の域を出ないというただし書きをした上で、酒田清美に、覚せい剤や薬物使用の疑いがかけられたこと、匿名の脅迫状が届いて映画の中止が要請されたこと、年齢を詐称して清純派を装っていたが、妻子ある男性と不倫をして、十代で子どもを産んでいた事実が発覚したことなど、様々な要因が重なり、プロデューサーが怖じ気づいていった経緯が語られていた。

熱愛発覚程度のスキャンダルなら、むしろ格好の宣伝材料となったかもしれない。しかし、主演女優の犯罪に発展した場合、映画の企画はまちがいなくつぶれてしまう。無理に制作を進め、後戻りできない段階でスキャンダルが生じれば、莫大な借金を抱え込む危険があった。

君子危うきに近寄らず……、プロデューサーは、致命的な被害を被る前に、お蔵入りを決めたというわけだ。

それをきっかけに酒田清美の女優人生にケチがつき、以降、鳴かず飛ばずが続いて、引退に追い込まれていった。

再度、芸能界で脚光を浴びたのは、有名テレビキャスターの酒田修一と結婚したのがきっかけだった。占い師として名を馳せつつあった清美は、スランプに陥った修一の相談に乗ったのが縁で恋に落ち、三十代後半で結婚した。修一は再再婚、清美にとっては初婚だった。

翌年に男の子をもうけ、自身のプロダクションを経営しつつ、テレビ、映画の制作を幅広く手掛けて、ワイドショーのコメンテイターとしても活躍して現在に至っている。華やかな世界を引き寄せる才能は天賦のものだった。

そこまでのところ、酒田清美の経歴は、芸能界にありがちなエピソードのてんこ盛りで、孝則は、他人事として興味深く読むことができた。しかし、現在、本名で仕事をしている酒田清美の旧姓をファイルに発見したとき、孝則は、軽く驚きの声を上げたものだ。

酒田清美の旧姓は、新村であった。

USB画像にまつわる奇妙な現象を追っていて、新村裕之なる男性の影がしきりにちらついていたが、一体、彼が何者なのか、事件とどう関わっているのか、皆目見当がつかなかった。仮に、清美と、不倫相手の男性との間に生まれた子が、新村裕之だとすれば、事件の背後からは複雑に絡んだ人間関係が浮かんでくる。

ファイルには、清美が産んだ子どもの名前は記載されていなかった。女優業に熱中する清美は、子育てを放棄して、実母に子どもをあずけていた。ファイルには、子どもがあずけられた祖母の住所が記載されていた。

……千葉県船橋。

その地名にも、見覚えがあった。柏田誠二の職業は予備校の講師であり、彼の住所、職場とも、船橋にあった。

柏田死刑囚と、新村の接点が、船橋という土地にある可能性は高い。

だからといって、柏田と新村が同一人物、あるいは兄弟であるという可能性はなかった。柏田が死んだ年齢は四十代後半で新村は三十代前半であるはずだ。酒田修一と結婚するまで、清美はひとりしか子どもをもうけていない。

忘れてはならないもうひとつの重大な共通項は、西船橋の柏田のアパートにあった大量の『リング』と、青物横丁の新村のマンションにあった一冊の『リング』である。両者とも、貴重な初版本であった。

酒田清美の過去から浮上してくる因縁の数々を頭に思い浮かべ、孝則の意識はいっときステージから離れていたが、会場全体がどよめくのを受けて現実に引き戻されていった。

映画『スタジオ104』がヒットするかしないか、占ってほしいという司会者の要求に対し、清美が、「自分の将来を占うことができれば、占い師はみんな大金持ちになってるはずよ」と、やんわり諭したことで、会場が沸いたようだ。

いくら腕の立つ占い師であっても、自分の未来は占えないと、清美自身、よくわかっているようだ。現在の状況がそれを証明していた。将来の展望が見えないという恐怖から、清美は、USBメモリを映像関係の専門家に持ち込み、事情を伏せた上で、分析を依頼してきた。清美は、世間に公表できない秘密を抱えているに違いなかった。

ふと閃くものがあった。捨てたも同然の新村であったが、清美が彼の現住所を知っている可能性は充分にある。青物横丁の部屋に足を運んで、室内の様子を実際に見て知っていたのかもしれない。メールに添付されて自殺の生中継画像が届き、見て、首吊(くびつ)りの実行者は別人なのに、舞台として使われたのが息子の部屋とわかれば、驚愕(きょうがく)したはずである。脅迫文の類(たぐ)いは添えられておらず、送り主の意図が不明なだけに、不気味さはより増した。

　現代の撮影技術に関して知識のない清美は、CGを駆使して、映像の合成が簡単にできるか否かを知ろうとした。本物か、偽物か、区別できれば、タチの悪い悪戯(いたずら)かどうか、見極めることができると考えたのだ。その他、何でもいいから情報を得たいと望み、いいかげんな理由をでっち上げ、藁(わら)にもすがる気持ちで、スタジオ・オズの米田に分析を依頼してきたのではないか。

　二十五年前、清美は、根も葉もない噂をたてられ、『リング』主演の座を棒に振っている。今回、久々に大作映画をプロデュースするに当たって、前回と同じ轍(てつ)を踏まぬよう細心の注意を払っているはずであった。

　前回は、犯罪事件に発展しそうになって、映画はお蔵入りになった。今回も同じ公式が当てはまるとしたら……。

　孝則は、様々な事象の裏に、犯罪が隠されている可能性を吟味した。

　そのためにはまず、清美の息子が新村裕之であるという仮説を、検証しなければならない。

キャスト、スタッフが、ひとしきり『スタジオ104』に寄せる意気込みや期待を語り終えた頃、司会者は、会場からの質問を受け付けるコーナーへと進行させていった。

「さあ、どなたか質問はございませんか」

すかさず前列から数人の手が挙がり、主演女優、麻生蓉子の恋愛騒動へと質問が飛んだ。複数の人間からの同じ質問が、麻生蓉子に集中した格好である。

記者会見の場合、ほとんどの質問はキャストに集中し、監督やプロデューサーは裏方に徹して気を抜くことになる。レポーターたちの集中砲火を浴び、しどろもどろの回答をして会場の失笑を買う麻生蓉子を横目で見ながら、清美は、年の功で、調整役を買って出ようとした。

「若い子をいじめるのはそのぐらいにして、おばさんにも何か訊いてよ」

新村裕之が酒田清美の息子であるか否かを知る機会は、今をおいてなかった。

タイミングを逃さず、孝則は、声をふり絞った。

「酒田さん、裕之くんは元気ですか」

清美の顔に浮かんでいた笑みは凍りつき、念入りに手入れをされた細い眉がつり上がっていった。息をつめ、身体の動きを止め、清美は、サーチライトで照射するように会場を睨め回して声の主を探り、孝則に行き当たったところで視線を固定させた。

見ていて気の毒になるぐらい、清美の狼狽はすさまじく、場の雰囲気を盛り返すどころではない。軽く胸を叩いてまばたきを繰り返し、呼吸を荒くしていった。質問を煙にまく、気の利いた台詞を言う余裕はさらさらなく、孝則から視線をはずして天井を見上げ、

「昔の男の名前なんて、忘れたわ」

と、かすれ声で言うのがやっとである。

「ひろゆきくんって、だれだ？」

声をひそめて、肘でつついてくる米田の横で、孝則は確信していた。

……間違いない。これじゃ、白状したも同然だ。

新村裕之こそ、酒田清美が十代で産んだ息子である。

そして、清美にとって、新村の存在は、すべてを破壊する力を秘めた爆弾そのものだ。

3

ついさっきまで、ベッドに横たわる茜の口から、今日一日、学校であった出来事が語られていた。夏の登山教室の引率が大橋先生に決まったのを受け、彼女から、ねち

ねち文句を言われてしまったことを訴えているうち、口から出る言葉は次第に間遠になり、鼻からは小さな寝息が漏れ始めた。

時計の針が深夜の十二時を回るのを見計らったように、孝則の右腕を枕にして、茜は、ことりと寝入っていった。覚醒から、夢の世界に移行する瞬間の、小さな手応えが感じられた。

愛の深さは、対象となる相手の心の襞に、指先が触れられるかどうかで決まる。

眠りが定着したのを見て、孝則は、茜の後頭部と枕の間からそっと右手を抜き取り、上半身をわずかに起こした姿勢のまま寝顔を眺め続けた。

疲れているにもかかわらず、眠りは訪れそうになかった。それどころか、意識はますます覚醒して、足先から尻、背中へと、間歇的に悪寒がかけ抜けていく。

左手を茜の髪に当てると、口許がわずかに緩んで孝則のほうに顔を寄せてきた。目覚めたわけではなく、無意識のまま身体を近づけてきたようだ。

男もののシャツの隙間から、ほどよく膨らんだ乳房がのぞいている。その下の腹部は、タオルケットに覆われていた。そこにあるのは、三か月に育ちつつある命だった。もうしばらくすれば、エコーを使って、形が見えてくるはずだった。

心は千々に乱れている。昨日まで、はっきりと見えていた未来のビジョンに霞がかかり、黒いベールの向こうに閉ざされていった。

これからどうしていいのか、わからないのだ。溜(た)め息とともに、目尻から零(こぼ)れそうになった涙を、孝則はどうにか堪(こら)えた。

今日の夕方、木原からもたらされた情報は、じわじわとした衝撃をもたらした。ある仮定に立って眺めた場合、木原によって集められ、保留されてきたいくつかの問題点が、一本の線に繋(つな)がることが発見されたのだ。どう並べ替えても、示される道筋はひとつしかないと思われた。

木原との四回目の会合は、彼の事務所ではなく、初めて、別の場所で持たれた。彼は、K大学医学部病理学教室に宮下(みやした)教授を訪ねて話を聞いた帰り道に、ファミリーレストランに寄り、家が近いことに気づいて、孝則に電話をかけてきたのだった。孝則は、すぐに駆け付け、新鮮な情報を木原から得ることになった。

宮下教授は、安藤満男の元同僚で、二十五年前、ビデオテープの映像を見て変死した人間の生検を担当した病理学者だった。

彼もまた「もはや終わったことだから」と前置きして、重い口を開き、二十五年前の不可思議な出来事の顛末(てんまつ)を話してくれたという。

それは、昨日、理事長室を訪れて、父から聞いた話の続きでもあった。

内容が重複している部分を除き、宮下教授から聞いた話を整理すると、ウィルス以外のキィワードとして、「突然変異」という言葉が、クローズアップされてくる。

リング状のウィルスは、心臓の冠動脈に肉腫を作る。しかし、輪の途切れたS状のウィルスからはその効力が失われることになった。それは満男から聞いた通りだった。しかし、S状のウィルスから一切の危険が消えてしまったというのは、嘘だ。

宮下の解説によれば、突然変異によって新たな力を得たのである。

宮下は、その不思議な現象を、高野舞という女性の解剖結果を例に挙げて、説明してくれた。

高山竜司の弟子である高野舞は、山村貞子によって念写されたビデオ映像を見たにもかかわらず、ある身体的特徴が作用して、リングウィルスの影響を免れることになった。ところが、ビル屋上の排水溝に転落して不慮の死を遂げてしまう。彼女を解剖した監察医の所見から、宮下教授と安藤満男は、異様な事態を嗅ぎ取る。ビルの排水溝に転落している間に、高野舞が子どもを出産した形跡が見られるというのだ。しかも、安藤満男は、舞が処女であることを確信していた。となると、どういう経緯で妊娠に至り、何を産んだのかが問題となる。

ヒントは、リングウィルスとS状ウィルスの形状にあった。S状になったウィルスの形から精子を連想した安藤満男は、舞が生前に取った行動を調べ、ビデオテープの映像を見たとき、排卵日にあったのではないかと推測する。リングウィルスの攻撃目標が心臓の冠動脈だとすれば、S状ウィルスの攻撃目標は、形状が示す通り、女性の子宮なのではないか。だから、舞は、ビデオの影響による死を免れた。その代わり、子宮に排卵されたばかりの卵子は、S状ウィルスの侵入を受けて妊娠の症状を呈し、ほんの一週間のうちに、排水溝の底で、人知れず、こっそりと子を産んだ。

まともな赤ちゃんではない。彼女が産んだのは、山村貞子だった。

もともと、ビデオテープに映像を念写したのは、貞子である。希代の超能力者であった貞子の遺伝情報が、映像データという形でウィルスの中に生き続けていた可能性を宮下教授は示唆するのだった。

さらにやっかいなのは、短期間のうちに、突然変異を遂げて攻撃目標を変えるウィルスと呼応して、媒体もまた変化していったことである。身をくねらせて脱皮する蛇のように、めまぐるしく変異を遂げるウィルスは、媒体を変化させることによって延命を図ったのだろうか。

当初のうち、媒体となるのは、ビデオテープの映像であった。映像を見た者は、体内にリングウィルスを発生させる。ところが、ビデオテープが根絶されたのを受け、ウィルスを発生させる役目を負う媒体が、『リング』と題された文書に変異したというのだ。

宮下教授と安藤満男は、二十五年前、この事態の行き着く先を考えて、世界の終わりを予感したという。

浅川和行によって残された『リング』という文書は、兄、順一郎の手によって出版の運びとなっていた。おまけに、『リング』を原作とした映画の企画が立ち上がり、実現に向けて動き始めていた。本から映画へ、媒体が変化するのを受けて、ビデオ映像の増殖とは比較にならない速度で感染が広まっていくはずだった。

感染した者の運命とは何か。偶然、排卵日に媒体と触れた者、つまり『リング』を読んだり、映画を観た女性は、生殖行為のないまま妊娠に至り、貞子を産むことになる。

宮下教授と安藤満男は、貞子という個体の爆発的増殖が、自然界から多様性を奪い、世界を滅亡に導くのではないかと予想した。

ところが、なぜか予想とは異なる方向に事態は進んで、ウィルスの災いは、突如、収束に向かった。

どんなメカニズムが働いたのかは不明のまま、映画の企画はつぶれ、『リング』初版本は市場から消え、貞子という個体が街に溢れるという悪夢は、回避されたのだ。

その後、知る限りにおいて、S状ウィルスの暗躍を示す異変は生じておらず、事態は収束したと判断するほかなかった。

だからこそ、宮下教授は、「終わったことだから」と前置きして、すべてを語ってくれた。継続中の事案なら、社会的パニックを引き起こす可能性を考え、口を閉ざしたに違いない。

呪いのビデオにまつわる一連の事件が遠い過去へと去った後に、思い返してみると、すべてが夢のように感じられるという。悪夢に踊らされた時期が遠く過ぎるほど、信憑(しんぴょう)性が薄れてきて、ようやく他人事(ひとごと)のように語れる心境になったのだ。

しかし、ファミリーレストランのテーブルに、リングウィルスとS状ウィルスの顕微鏡写真を広げて周囲をうかがい、声を潜める木原は、災禍の収束を信じてはいなかった。

その気持ちは孝則も同じで、収束したのではなく、燻(くすぶ)っていたという表現が妥当ではないかと、考え始めていた。

ある有名な小説家の短編に、裸のまま眠る若い女性のかたわらに寄り添って一夜を過ごす老人の物語がある。若々しい肉体を愛(め)でつつ、老人はその向こうに、自分の身に迫る死相をかいま見る。

眠っている茜の顔を眺めながら、孝則は、小説のストーリーを思い出そうとした。ラストで死ぬのが、老人なのか、若い女性なのか、記憶は定かでなかったが、色濃く漂っていた死のイメージだけは、忘れようがない。

孝則は自問した。

「おれは、このひとを、心から、愛することができるのだろうか」

今日の夕方、ファミリーレストランで、ウィルスの顕微鏡写真を見たばかりであり、形状をはっきりと覚えている。形状を覚えているどころか、孝則は、体内にウィルスが生じたような居心地の悪さを感じるのだ。写真のイメージに触発され、大量に湧いてきたウィルスが、大脳皮質のひだを這いずり回っているのではないか……。若い女性の排卵日を襲う邪悪さが、その禍々しさの正体である。

木原と別れ、家に戻る道中ずっと、孝則は考え続けた。木原も同様の流れを辿って、同じ結論に達したのは明らかだったが、敢えて口に出そうとはしなかった。

点と点をどう結んでいっても、見えてくるのは一本の線のみであり、他の解釈は成り立たないように思う。

柏田は、四人の少女を連続して殺したが、その動機についてはまったく不明なままだった。異常性欲を満たすための快楽殺人という見解を信じる者は、当時の司法関係者にすらいない。

柏田死刑囚の自宅には、『リング』の初版本が十七冊も束ねられて玄関先に放置されていた。

柏田の手にかかって殺された少女たちの誕生日は、一九九一年の夏から一九九二年の春までの、約半年間という、短い期間に集中している。しかも、どの少女の顔もよく似ていた。

『リング』の初版本が出版されたのは一九九一年の六月である。

柏田に殺された四人の少女のうち三人までが、未婚女性から生まれていた。

少女たちはみな、下着を取り去られ、木の幹に寄りかかるようにして息絶えていたが、姿勢よく整えられたその姿は、何らかの儀式を思わせるものだった。

これらの点を繋げた背後からは、理路整然としたストーリーが紡ぎ出される。

『リング』初版本を媒介としたS状ウィルスの災禍は、収束したのではなく、燻っていたのだ。二十五年近く前、排卵日のときに偶然、『リング』を読んだ女性は、その影響下で、実際に子どもを産んでいる。堕胎された子もいるかもしれないが、少なくとも四人は、この世に産み出されることになった。

被害者である少女たちの共通項、それは全員が貞子であったということだ。

柏田の犯行動機もまた明白である。

……貞子狩り。

柏田は、この世に生まれた貞子を根絶しようとして、次々と炙り出しては、殺していった。

しかし、話はそこで終わらない。孝則にとって致命的な事実が先に待ち構えている。

もう少しで柏田に殺されそうになった五人目の被害者が、今、孝則のかたわらで眠っている。この世に残された唯一の貞子……、茜だった。

……一体、おれは、このひとを、心から愛することができるのだろうか。

孝則は、同じ問いを繰り返した。

死んでも死んでも復活を果たす、異形の女の系譜に、自分もまた名を連ねようというのか。その夫として、生まれる子の父として。

……どうすればいいのか、だれか、答えを教えてほしい。

孝則は、声もなく、心に悲鳴を上げた。

そのとき、眠っていたとばかり思っていた茜の両腕が動き、孝則の背中で手と手が結ばれ、強い力で引き寄せられた。孝則は、俯せに抱き締められる格好だった。茜は、愛しそうに下から孝則を抱き、耳許に唇を近づけてきた。

かすかな息遣いを耳たぶに感じた後、言葉が届いた。

「孝くん、ひとりで悩まないで。わたしだって、あなたを助けることができる。信じて。わたしにはその力がある」

確かに言う通りだろう。茜にはその力がある。しかし、その尋常ならざる力こそ、孝則が恐れるものの本質であった。

4

茜は朝が早い。七時には家を出て学校に向かう。

うつらうつらとしただけで、眠ったという実感がないまま朝を迎え、隣を見ると、もう茜の姿はなかった。時計の針は七時を過ぎている。

孝則がまどろんでいたほんのわずかな時間を狙って、茜は、出ていったのだろうか。となると、ぎこちない時間を避けるため、配慮したのではなかったかと邪推したくなる。

このまま茜が帰って来ない可能性を思い、それが願望として定着する直前で振り払い、孝則は、広大になったベッドのスペースを存分に使って、もうひと眠りしようとしたが、眠れるはずもなく、早々に諦めてシャワーを浴びた。

ミルクとバナナの朝食を摂り、コーヒーを続けて二杯飲んだ。

来年の二月二十五日が、生まれてくる子の予定日だった。

その子の顔を想像しかけて、孝則の脳裏には、柏田の犠牲となった少女たちの顔が次々に浮かんでは消えた。

産まないという選択肢を、考えないわけではなかった。堕胎して、茜と別れるという道を選んだ場合、早急に事を運ぶ必要が出てくる。しかし、別れる理由を、茜にどう説明すればいいのか。

「貞子だから」という理由で、恋人を捨てることなど、孝則には到底無理だ。茜には何の落ち度もなかった。もちろん、茜の母も同じである。

孝則は、茜がこの世に生まれ出た経緯を知りたいと思う。父がだれとも知れぬ間に、母は茜を産み、三歳の頃に死んでしまった。やはり、排卵日に『リング』を読んだ影響なのか、それとも別のメカニズムが働いたのか、この点はまだ、明らかになってはいなかった。

『リング』に関係した人々の写真が、大きめの茶封筒に入れられて、ファイルに挟まれたままになっていることを、孝則は思い出した。木原の事務所で見たきり、部屋で広げたことはなかった。

被害者の少女たちの顔と、茜との類似が気になり、孝則は、封筒から少女たちの写真を取り出して、テーブルの上に並べた。

四人ともよく似ていた。みんな、はっと目を引くほどの美少女たちである。髪形が違い、肉付きも微妙に異なっているため、同一人物と断定するまでには至らず、そっくりという印象にとどめている。同じ遺伝子から生まれたとしても、環境によって多少の差が生じてくるようだ。

柏田の犠牲となった少女の一群と比較して、茜は、少々、異質であるように感じられた。美人度という観点では少女たちに一歩譲るものの、女性特有のふくよかさ、丸みを帯びた愛らしさという点で、茜は、完全に勝っている。犠牲者の少女たちの、完璧（かんぺき）に整った顔立ちが、どこか中性的であるのに比べ、茜は、女そのものだった。少女と大人の差なのか、あるいは、愛するがゆえのバイアスがかかっているせいなのか……。

ためつすがめつ見比べて、孝則は、写真からは実に多くの情報が発見できるものだと、映像の専門家として、今さらのように感心するのだった。

茶封筒にはまだ見ていない写真がたくさんあった。すべて、木原によってプリントアウトされたものである。ファイルに記載された資料を読むのに夢中になり、写真が秘める価値を失念していたようだ。

四人の少女たちの写真を一旦（いったん）横にどけ、出てきた順にテーブルに並べてみる。

若かりし頃の酒田清美の写真は見物だった。小悪魔というに相応（ふさわ）しく、男を虜（とりこ）にする妖艶（ようえん）さが、写真から匂い立っていた。中性的な少女たちとは一線を画す、女の色香を漂わせている。

週刊誌記者の浅川は、イケメンといっていいだろう。いかにも好青年で、線は細く、女性にもてそうだった。

高山竜司からは、浅川と対照的に、男としての存在感が立ち上がってきた。髪は角刈りで、太い首が、がっちりとした肩の上に乗っている。高校時代は、砲丸投げの選手として活躍したというのも頷ける体形をしていた。強固な意志をほのめかすように、顎のラインはシャープだった。学者というより、肉体労働者の顔である。

孝則は、しばらくの間、高山竜司の写真を眺めていた。彼の顔に視線を投じる時間は、酒田清美や浅川和行より、ずっと多い。なぜか、目を離すことができなくなってしまった。

眺めるほどに、この人物とどこかで一度、会っているという思いが膨れ上がる。柏田死刑囚の顔を見たときも同じ感覚を抱いていた。

孝則は、封筒の中から柏田の写真を取り出した。

柏田は前橋で生まれ、小学校、中学校、高校を地元の学校で過ごし、東京の大学を卒業後、一旦、旅行代理店に入ったが、長く続かず、職を転々とする合間を縫っては海外を放浪し、そのうちに、西船橋にある予備校講師として落ち着くことになった。

高校時代に父、大学時代に母と、両親を相次いで亡くして以来、親戚との交流は完全に絶たれ、独身で友人も少なく、プロフィールからは孤独な人生がかいま見える。

予備校の講師として働いていた頃の柏田は、髭面の、しまりのない顔をしていた。艶のない髪は長くぼさぼさで、黒ぶちの眼鏡をかけ、不摂生の影が随所に見られた。

連続少女誘拐殺人犯として逮捕されて以降に流布した写真のパターンは、雰囲気はどれも似たりよったりで、世間一般が柏田から想像する顔は、今、孝則が眺めている、予備校時代の写真と決まっていた。

ところが、死刑囚として拘置所に収監されてからの写真は、まるで印象が異なっている。木原がコネを使って入手した写真は、一般には馴染みがなく、この差は、世間にほとんど知られていない。

収監され、髭を剃り、頭をまる坊主に刈られ、食生活が質素で規則的になって身体がひき締まって以降の柏田からは、それまでとは別人の顔が現れる。

わざと別人を装っていたのではと邪推したくなるほど、両者は異なっている。

痩せてシャープになった顔は、高山竜司とそっくりだった。

孝則は、バストアップで撮影された竜司と、柏田の写真を二枚並べて、比較した。

被害者少女たちがみな類似している以上に、こちらのほうがよく似ている。

画像処理の専門家である孝則は、写真から、頭皮に包まれた骨格の構造を見通すことができる。さらに、確証を得るため、竜司の写真と、柏田の写真をスキャンしてパソコンに取り込み、画像を同じ大きさに拡大して重ねてみた。目と目の間隔、目と鼻の位置、唇の長さ、耳の形、額の広さなど、顔を構成するパーツが見事に一致していた。

……これは一体、どういうことだ。

きつねにつままれたような気持ちで、モニターから顔を上げ、孝則は考えた。

二十五年前、高山竜司は、呪いのビデオテープを見てリングウィルスを体内に発生させて死亡し、遺体は父の手で解剖されている。死んだのは動かしようのない事実である。

柏田は、連続少女誘拐殺人事件の犯人として十年以上前に逮捕され、つい一か月前に死刑を執行された。同様に、動かしようのない事実として、柏田は一か月前まで生きていた。

両者が同一人物であることを、どう説明すればいいのか、頭はこんがらかる一方だ。

高山竜司が死んだのは、一九九〇年十月十九日だった。

戸籍上、孝則が海で溺(おぼ)れたのは一九八九年の六月で、小土肥に住んでいた老夫婦が死去した後、生きて発見されたのが、ちょうど二年後の一九九一年六月である。

同じ頃に、『リング』が出版されている。

一九九一年の六月頃……、孝則には、忘れられない光景がある。溺れかけた記憶を克服するために、父に連れられ、幾度となく海に遊んだ。どこの海なのか、地名はまったくわからなかったが、つい先日、父から聞いた話で、土肥の海岸という具体的な地名が得られている。

なぜあのシーンに拘り続けるのか、孝則は不思議でならなかった。おそらく自分の運命と関わる重大な要素を含んでいるからに違いない。人間は、無関係なことには冷淡でいられるが、生死の境目となるような出来事に関しては、細部に至るまで克明に記憶するものだ。

網膜はカメラのレンズとなり、耳は録音機材となり、ひとつのシーンが孝則の意識に保存されたが、時が経つにつれてぼやけ、靄がかかり、無意識下に追いやられていった。

ところが、竜司と柏田の写真を見比べることにより、一陣の風が吹いた。風が吹けば、靄は晴れていく。

シーンは徐々に鮮明になっていった。竜司と柏田の写真に触発され、音を伴う映像として立ち上がってくるようだった。

波の音が聞こえた。父は、堤防に座って波打ち際に目を凝らし、孝則が遊ぶのをじっと見守っていた。喉の渇きを覚えた孝則は、飲み物をもらおうとして、堤防に座る父のところに歩きかけた。そこへ、逆方向からひとりの男がやって来たのだ。日差しを受け、男の顔は黒いシルエットになっていた。

「パパ、喉が渇いた」

父にそう訴えると、一本のウーロン茶が差し出されてきた。残量はわずかで、あっという間に飲み干したところ、見知らぬ男が、馴々しい調子で声をかけてきたのだ。

三歳半の幼児にとって、男の口から出た言葉は聞き慣れないものであり、意味はずっと不明なままだった。ところが、風景が鮮明になると同様に、耳に届いた言葉もまたはっきりとしたものになっていく。顔に脂汗を浮かべつつ、ビニール袋を探ってウーロン茶を一本抜き取り、彼は、孝則に向かってこう言った。

「よお、同類。もう一本飲むか」

意味もわからぬまま、言葉のおぞましさを感じ取り、孝則は、男の顔を下から見つめ、ゆっくりと首を横に振ったのだった。

孝則の脳裏には、あのときと同じ顔が浮かんでいる。堤防に立って、孝則を見下ろしていたのは、高山竜司だ。

半年以上も前に死に、父の手で解剖されていた高山竜司が、死からの再生を果たしたというのだろうか。

同類とは、同じ仲間という意味である。高山竜司は、ある期間、間違いなく、医学的に死んでいた。「同類」と孝則を呼称したのが、冗談ではなく、事実を告げているのだとしたら、二年間に及ぶ戸籍上の死は、単なる記載上のミスではすまなくなる。孝則もまた、医学的に、死んでいたのだ。しかも二年もの間……、そして、竜司が蘇ったのと同じく、孝則も蘇った。

……なんということだ。

そして、竜司と柏田がイコールで結ばれる理由も、自然と導かれてくる。

医学的な死からどうやって再生したのか、そのメカニズムの解明は保留するとして、仮にそんな事態となれば、蘇生した人間には新しい戸籍が必要になってくる。孝則の場合、海で溺れて遺体が発見されなかった状況が幸いして、もっともらしい嘘をでっち上げ、戸籍を復活させることができた。ところが、竜司の場合、遺体は司法解剖に回されて、バラバラにされている。蘇ったとしても、高山竜司に戻ることはできない。普通の社会人として生きるためには、戸籍を違法に取得するほかない。天涯孤独の境遇にある、同年齢の行方不明者を探し出し、なりすますことにしたのだ。その男こそ、柏田誠二である。

竜司と柏田がイコールで結ばれるという関係図を理解した上で、事件を眺め渡すと、これまで保留されてきた謎が解けると同時に、新しい疑念が浮上してくる。

柏田の自宅玄関先に、『リング』初版本は十七冊束になってビニール紐で縛られ、放置されてあった。

『リング』初版本は何者かの手で回収され、映画もまた何者かから脅迫状が届いてお蔵入りに追い込まれた。

宮下教授も父も、「リングウィルスによる災禍はなぜか収束した」と表現していたが、自然治癒力が働いた結果であるとは考えにくい。

『リング』初版本を回収した人間もいれば、映画をお蔵入りにするため、手を尽くした者もいる。その人間は、酒田清美に関してよからぬ噂を流し、脅迫文を送りつけた。

自然に収束したのではなく、裏で糸を引き、収束に向かわせた人間がいると考えたほうが、ずっと筋が通る。その人物こそ、竜司であり、柏田である。

ここで浮かぶ新しい疑問は、なぜ竜司＝柏田はそんなことをするのかという理由だ。リングウィルスによる災禍を最小限にとどめ、収束に導くため、身を粉にして働いたのだろうか。そう推論すると、後の展開に齟齬を来すことになる。

世界が多様性を取り戻し、人類に被害が広がらないようにするため、竜司＝柏田が献身的に行動したとしよう。世界に多様性を取り戻す行為が善だとすれば、対立概念の固定化は悪と規定できる。異質な遺伝子を持った存在を強制的に排除しようとする行為は、多様性の保持に逆行するもので、巨大な悪となり、竜司＝柏田の行動原理と矛盾することになる。

数人という規模で、貞子が生まれたとしても、人類にとっては何の危険もないはずだった。それとも、少女たちは、事を悪い方向に進ませるべく陰謀を謀ったというのだろうか。そのような形跡はまったく見当たらない。

そう、リングウィルスの災禍を防ごうとする者が、完璧にウィルスを払拭し切れなかったことの責任を取ろうという意図があったとしても、はからずも生まれてきた貞子を殺そうと、企むはずがないのだ。そこには善悪の矛盾が生じる。

連続少女誘拐殺人事件の犯人は、柏田ではない。被害者四人の少女たちは、いかにも被写体然としたポーズを取らされていたにもかかわらず、撮影映像が、柏田宅から一切発見されていなかった。

柏田は、深くこの事件と関わっていたがために随所に証拠を残し、それがあだとなって、冤罪を被ってしまったのだ。

木原が感じていた漠然とした疑念は、やはり正しかった。彼は、『闇の向こう』の執筆を進めるうち、徐々に、柏田の犯行を疑うようになっていった。

柏田が犯人でないとすれば、真犯人が別にいることになる。仮にその人物をＮと呼ぼう。女性は、絶対にこの手の犯罪に手を染めることはなく、Ｎはほぼ男性と確定できる。

Ｎが犯人である条件としては、『リング』と深く関わっている点が挙げられる。

もうひとつ、柏田との接点がなければならない。柏田は、『リング』初版本を回収するという行為を通して、はからずもこの世に生まれ出た貞子に関するデータを収集することになった。柏田とＮに何らかの接触がなければ、貞子に関するデータがＮに漏れることはなかったはずである。

Nは、四人の貞子たちの住所、その他の情報を押さえた上で、計画的に犯行を重ねたのだ。

これらの条件を満たす人物はだれだ？

『リング』と関わりがあり、柏田との接触が可能で、犯行当時、計画的に四人の少女を殺し得るという膂力を示し得る年齢にあった男……。

ざっと見回したところ、これらの条件を満たす男はひとりだけだ。

すぐにでも真犯人と特定できる証拠を見つけなければならない。

柏田が犯人ならば、死刑執行を受けて脅威は去ったと言える。しかし、柏田が身代わりに死刑になってくれたことにほっと胸を撫で下ろし、野放し状態にあるNが、かつてやろうとして果たせなかったことを実行に移そうとする可能性を、孝則は、思い浮かべるのだ。

Nは、五人目の被害者となるはずの茜を、直前で取り逃がしている。救ったのは、たぶん柏田だ。貞子たちのデータを持っていた柏田は、連続殺人のターゲットに共通項があることを見抜き、犯人を特定することができた。そして、最後に残された茜だけを、先回りして救おうとしたのだ。彼は、茜を抱き上げて山肌を駆け抜けたに違いない。

しかし、その行為によって、彼は、犯人と間違われてしまった。

柏田亡き今、魔の手が再び、茜に伸びようとしているのではないか。自分たちの現住所が、既に、相手に知られている可能性も充分にある。

悪い予感が現実になろうとしていた。USB画像の解析から始まった一連の出来事が、単に、薄気味が悪いという範疇(はんちゅう)におさまっている限りにおいては、実害を被る恐れはなかった。しかし、雲のように漠然としていた脅威は、はっきりとした物理的実体を持つに至った。

Nは、少なくとも四人の少女たちを、計画的に殺している。なおかつ柏田の死刑が執行されるのを待つという忍耐力があるとすれば、相当に手強(てごわ)い相手だ。

ゲームの敵に立ち向かうのとはわけが違うのだ。相手は、モンスターの心を持ち、充分に発達した肉体を持つ、男だ。

生まれてこのかた一度も喧嘩(けんか)をしたことのない孝則には、いざという場合の闘い方がわからない。

孝則が今、欲しいと望むもの、それは肉体の戦闘能力だった。

5

ふうっと煙を吐き出す水上の横顔はどこか涼し気だった。遠くの風景に焦点を合わせるように両目を細め、実にうまそうに煙草をふかす。

ヘビースモーカーであった米田は、だれがいようがお構いなく煙草を吸っていたが、自分が禁煙してからは、スタッフたちにバルコニーでの喫煙を義務づけていた。

雲の晴れ間から吹く風を受け、外の空気を吸うのも悪くはなかった。

喫煙の習慣のない孝則は、水上に付き合ってバルコニーに立ち、手短に事情を話し、アドバイスを求めたところだった。

水上は、スタジオ・オズの五年先輩であり、年齢は四つ上だった。ハッカーと言っていいほどパソコンに詳しく、事務所が保有するパソコンのセキュリティは、すべて彼に一任されていた。

孝則の話を聞いても、水上は、表情ひとつ変えなかった。

「ふん、事情はわかった。で、相手のメールアドレス、わからないわけだろ」

「ええ、今のところ」

「何か、手掛かりになるもの、ある？」

「ハガキが一枚」

「ハガキねえ。今、持ってるの？」

水上は手の平を上に向けて、あるなら見せてごらんと、現物を要求してきた。

孝則は、室内に戻ってバッグの中から一枚のハガキを取り出し、バルコニーに取って返した。

それは、茜が、品川ビューハイツ３０３号室のポストから盗んできたハガキだった。本人は、盗んだとは言わず、こっそり持ってきただけと言い張っていたが、どう見ても行動の中身は一緒である。

ハガキを受け取ると、水上は、表裏、何度もひっくり返しては文面を読み、「うーん」とひとつ唸り声を発した。

表の宛名には「新村裕之様」とあり、裏を返して文面を読めば一目瞭然、同窓会の案内であることがわかる。

「船橋市立＊＊中学校第＊＊回生の同窓会を、以下の要領で開催しますので、みなさまぜひご出席ください」

その下には、同窓会の日時、場所、会費等、必要事項の記載があり、最後に、同窓会幹事の名前が記されている。

「第＊＊回生、幹事、松岡義男」

さらにその下には、松岡のメールアドレスも載っていた。

「どうです、こいつ、役に立ちますかね」

茜が身を挺して手に入れた戦利品である。どうにか役に立ってほしいと、孝則は願った。

「できる。メーリングリストに、新村が入っていれば、簡単だ。さあ、トライしてみようか」

水上は、手の平に載せた携帯灰皿に煙草の火を押しつけ、どこか嬉しそうに、事務所内へと孝則を導いた。

パソコンの前に座ると、水上は居住まいを正し、少々真面目な顔を孝則のほうに向けた。

「これからやろうとする行為の正当性を確認しておきたいんだ。この新村ってのは、相当に悪い奴なんだな」

孝則は、無言で頷いた。

新村が、連続少女誘拐殺人事件の真犯人であるという仮定は、推測の域を出るものではない。しかし、状況証拠はすべて揃っている。

酒田清美の軽挙妄動にしても、新村が真犯人であると感づいていたとすれば、筋が通る。彼女もまた『リング』関係者のひとりであり、母としての本能を働かせて息子の怪しげな行動に気づき、事情を察知していた可能性は充分にある。

ところが、柏田の死刑が執行され、これで一件落着と胸を撫で下ろした矢先、何者かによって、柏田と新村が混在する画像が送られてきたのだから、驚愕たるや推して知るべしだ。しかも、自身が制作した映画の公開直前というタイミングである。『リング』がお蔵入りになったことを思い出し、『スタジオ１０４』が同じ運命を辿ることを恐れた。

状況証拠は、ただ一本の道筋を示している。あとは証拠を見つけるだけだ。

「詳しくは話せないけど、新村は、人類の敵と言っていい」

孝則はそう念を押した。

「犯罪者か」

「そうです」

「そして、今からやる行為によって、こいつの犯罪が暴かれるんだな」

「奴のパソコンから、目的とする画像が発見されれば」

「ようするに、われわれがやろうとすることは、善意から出た意味のある行為、というわけだ」

「もちろん」

「じゃ、オーケーだ。おれは、悪いことができない質でな。ヒア、ウィ、ゴウ！　さ、攻撃開始だ」

水上は猛然とパソコンに向かい、キィボードを打ち始めた。

「どうするんですか」

「なに、簡単だ。同窓会幹事である松岡義男のメールアドレスは、ここに書かれている。まず、松岡にメールを送って、特殊なソフトウェアをインストールさせる。ま、ようするに、ウィルスの類いだが。すると、松岡のパソコンは乗っ取ったも同然となり、遠隔操作が可能となる。彼のパソコンに保存されたデータをしらみつぶしに当たり、必要な情報を抜き取っていく。同窓会のメーリングリストに新村が入っていれば、そこでほぼ目的は完了する。松岡になりすまして新村に到達し、奴のパソコンを乗っ取ってもいいし、直接、新村に、お土産付きのメールを送って乗っ取ることもできる。メーリングリストに新村が入っていない場合は、少々面倒臭いことになるが、共に、同じ中学を出た同級生同士だ。仲間の輪に入れば、必ず、奴のパソコンに到達できる。任せろ。少々時間はかかるかもしれないが、ネットで繋がってさえいれば、できないことは何もない。新村のパソコンを遠隔操作する環境を整えたところで渡すから、あとは、おまえが、やれ」

「わかりました」

孝則は、水上の気が散らないよう心掛け、その場から離れた。

スタジオ・オズのスタッフは、社長の米田を含めて四人しかいなかった。それぞれ個性の違う者同士であり、一緒に仕事をすると、効率が上がることを実感させられていた。

社長の米田は、おおらかでいいかげんな性格だったが、部下からの信頼は厚く、一旦口にしたことは必ず実行する行動力を持っている。

水上は、ディレクターとしては有能だが、監督になれる器ではなかった。正義感溢れるハッカーであり、ヘビースモーカーだ。

西島果菜子は、スタッフ最年少という若い身空ながら、化粧っ気はなく、女の色香から見放されている。しかし、コンビニに行くかのような気軽さで海外に出て、猫のように他人の家に転がり込んで何週間も潜伏し、取材活動を行うという特技を持つ。女としての武器を使うこともあると嘯いているが、信じる者はだれもいない。

そして、孝則は……、

自分のキャラクターを分析しかけて、孝則は、途中で投げ出した。自分がどういう人間なのかを把握するのがもっとも難しいとわかっていた。唯一、言えるのは、米田、水上、西島のだれとも似ていないということだけだ。

性格の異なる四人だからこそ、いざ、一緒に仕事をしてみると、思った以上に実績が上がる。もし、同じ資質の持ち主が四人揃ってしまったら、仕事の効率は著しく下がるだろう。

孝則は、そんなことを考えながら、キィボードを叩き続ける水上の姿を、遠くから見守った。

……パソコンを使ってできないことは何もない。

普段からそう豪語している水上なら、簡単に目的を達成できるに違いない。たぶん、明日までには、新村のパソコンを乗っ取り、遠隔操作ができるようになるだろう。そうなれば、新村のパソコンに保存されている画像データは見たい放題となる。こちらのパソコンにコピーするのも可能だし、消去したり、加工を加えるのも、自由自在だ。

連続少女誘拐殺人事件の犠牲者となった少女たちは、死の直後、犯人によって撮影されていたというのが、木原の読みである。少女たちはみな、撮影されるのを意識したように、同じポーズを決めていた。もちろん、彼女たちの意志ではなく、犯人の手で整えられたものだ。ところが、柏田宅から、少女たちを写した画像は一切発見されていなかった。もし、新村のところから画像が出てくれれば、動かし難い証拠となる。犯人以外のだれにも撮影できないものだからだ。

それはまた孝則にとって諸刃の剣でもある。

証拠を摑んで、新村が真犯人と確定されれば、これまでに推論された道筋が、真実であるという証しとなる。グレーのままに放置されてきたカードの一枚が白になれば、周囲を埋めるすべてのグレーも白く染まる。潮が引いたときにのみ現れる浅瀬が、波に洗われることのない回廊となるのだ。

その延長線上には、孝則が認めたくない事実が含まれている。自分が生物学的に一度死んでいること、茜が貞子そのものであること……。

たとえ、これらが事実であっても、目を逸(そ)らすことなく、受け止めなければならない。

新村の犯罪を暴くには、その覚悟が必要となる。

仕事に一段落をつけると、水上は、バルコニーに出て一服し始めた。調子がのるほどに、煙草を吸いたくなるのが、彼の癖だった。

窓ガラス越しに見る水上の背中には、自信が漲(みなぎ)っていた。

6

地面はぬかるみ、雑草も水滴に覆われていた。両手両膝(りょうひざ)をついた姿勢から立ち上がろうとして右足を滑らせ、転んだ。もう一度立ち上がろうとしたが、結果は同じだった。足先で大地をしっかりとらえることができず、空転するばかりで、もどかしい。

「ありがとう。よく来てくれた」

四つん這(ば)いのまま、低く身を構えていると、耳許(みみもと)に、どこからともなく男の声が響いた。喋(しゃべ)りかたは芝居がかり、わざとらしく歓迎の意を込めて語尾を震えさせている。

もう少しで目が闇に馴(な)れるとも思うのだが、まだ風景は暗黒の中に閉ざされ、相手の姿は見えないままだ。しかし、向こうは間違いなく、こちらの位置を把握している。

じっとしていたら不利になる。動きたいのだが、どちらに行けばいいのかわからなかった。

そのとき、女の声が聞こえてきた。男の声は、全域に降り注ぐようで摑みどころがなかったが、女の声は、ある程度方向を特定できた。

右手斜め後方にある、深い穴の中から声が湧き上がってきた。

「孝くん、わたしのことはいいから」

声の主は茜だった。わたしのことはいいからと言われても、困る。何をどうしてほしいのか、明確に指示してくれたほうが有り難かった。

「孝くんか、いいねえ、リア充。いや、というより、おまえ、大きなルアーだよ」

男の声には次第に刺(とげ)が含まれていった。挑発に乗ってはいけないとわかっていても、制御できなかった。聞いていて、どうにも腹が立ってきた。怒りに刺激され、がむしゃらに足を動かすと、足先に硬い感触を得て空回りがとまり、立ち上がることができた。目を凝らすと、大地に半分埋まったレンガが、爪先(つまさき)に触れた物体であるとわかった。それは大地に刻まれた小さな足場だった。

「ようやく立てたようだね。さあ、ルアーくん、おれの望みをかなえておくれ」

声の質が変わったように思う。漠然と降り注いでいた声は、発信元をひとつに絞り込んでいったようだ。前方の一点に集まりつつある黒い塊が、声を発している。

「獲物は二匹。大きいのと、小さいの。おまえの、すぐ、うしろにいるよ」

身を低くしたまま前に進んだ。徐々に膨らんでいく怒りが、前進しようとする力の源泉だった。

「違う。方向が逆だってば。こっちに来るな。ほら、すぐうしろに釣り堀があるだろ。円形の、深い池。入り口は小さいけれど、深さは相当ある。底に溜まった泥の中で、獲物が二匹泳いでいるから、おまえのルアーで釣り上げておくれ」

濡れた泥に足が取られても滑ることはなかった。ふつふつと湧く怒りが、殺意に変わり、確固たる意志に成長するにつれ、ぬかるんだ足下が硬くなっていく。なるほど、そうだったのか。足下の不確かさは、自分の心そのものだったんだ。

「言っとくけど、うまく釣れても、獲物はおれのものだからね。どんなふうに料理しても、文句は言わないように。食べたあとの残骸なら、ちょっとだけ、おまえに、めぐんであげてもいいけど」

声は間近に迫っていた。すぐ近くにそいつはいる。ようやく、闇に馴れた目が相手の脚のあたりをとらえることができた。

「孝くん、お願い、その男にかまわないで。挑発に乗っちゃ、だめ。わたしにまかせてほしいの」

茜は必死で訴えかけてくる。声には、湿った狭い空間に特有のビブラートがかかり、鈴の音のように聞こえた。

「ほら、言うことをきいてやれよ。こっちじゃない。あっちだってば、井戸の底に降りて、獲物を持ってきておくれ。おまえの役目だよ。仲間だろ。おまえたちは、一度、死んだ者同士なんだから」

その通りだ。何が悪い。貞子の生まれ変わりと、茜を敬遠しかけた自分を、今は恥じている。おっしゃる通り、同じ穴のむじなだ。しかし、だからこそ、異形の者同士の、深い絆(きずな)が生まれる。初めて出会ったときの、カチッと歯車の合う音は、空耳ではなかった。出会うべくして出会った宿命の女だ。だれにも渡しはしない。

そっちが強引に引き裂こうとするのなら、こっちは断固たる行動で応じるのみだ。

すぐ目の先、ぼうっとした淡い光の中に、膝小僧が浮き上がっていた。

光源がどこにあるのかはわからない。ガードレールが途切れたあたりに、古い街路灯がひとつ立っていたように思う。頼りない光であっても、鏡をいくつも重ね合わせ、反射させれば、それなりの明るさになるものだ。

合わせ鏡のスポットライトは、案山子(かかし)のように細い脚を照らしていた。そこに狙いを定め、前のめりに跳んでタックルをしかけた。腰の後ろで両手を組み、股間(こかん)に頭を当てて、うしろに倒し込んだ。

「何をするんだ、ばか。そうじゃないって」

男の声からは、ようやく焦りが出てきた。

「おれは、ただ一緒に遊んでいたいだけなのに、どいつもこいつも……」

手を放さないよう注意して、頭突きを顎に叩き込み、そのまま馬乗り背中に[illegible]。何をどうしたいのか、明確な目的があるわけではなく、全身が、本になっ[illegible]ま、勝手に動いていた。くだらないことを喋り続ける男の口を塞ぎたいで、相手の喉に手をかけたところ、ぐにゃりとした軟らかな感触があり、[illegible]少し押し戻された。

「[illegible]ってば」

[illegible]、組み伏せられたまま両手両足をばたばたさせ、顔と言わず頭と言わず、叩い引っ掻いたりしてきた。指先や拳、どこもかしこもゴムのように軟らかい。人間ではなく、軟体動物を思わせた。巨大な蛸のように絡み付いてくる。

両手の平を男の首に置き、体重をかけると、シューという呼吸音が耳許に響いた。あともう少しで相手の息の根は止まる。しかし、押しても押しても、シューシューと、風船から空気が抜けるような音がするだけで、とどめを刺すには至らない。

どうやっても、首の中心にあるべき頸椎に手が届かないのだ。

手が痺れ、疲れてきた。ぐったりとして、力が入らない。首を絞めるのを諦め、呼吸を整えながら、大地の上を手で探ると、指先に硬い物体が触れた。レンガだった。

男の肩を両膝で押さえ、レンガを振り上げたとき、鏡を重ねたスポットライトが男の顔を照らし出した。殺そうとするのなら、その前に、相手の顔を拝んでおけ、といいたいようだ。

光の輪に顔がぴったりと収まっていた。色が白く、目をぱっちりと見開き、鼻筋は通っている。唇が薄く、酷薄な印象があったが、ハンサムの部類に入るだろう。首は不自然に伸びていて、ところどころ白い線が浮き上がっていた。

相手の表情が見えないうちは、ゴム製の軟体動物のように感じられたが、顔の造作がわかったとたん、突如、人間としてのリアリティが立ち上がってきた。

振り上げていたレンガは空中でとまったままだった。

「やめろ。なにする気だ。ばかな真似はよせ。お願いだ」

男は、「殺さないで」と懇願していた。しかし、このチャンスを逃すわけにはいか。毎日、脅かされることになる。ふと油断した隙に、するりと指の先から抜ける、愛する者が失われてしまうのだ。

死んだくせに、生意気だぞ」

一撃で、打ち下ろすきっかけを与えてくれた。

るべく、頭を狙って、レンガを振り下ろした。ところが、攻撃を避けようとして男がいたため、目標は逸れ、レンガは顎を打ち砕くにとどまった。きれいなピンク色をした扇形の歯茎が歪み、溢れ出た血が歯列を赤く染めていった。血溜まりの底で、舌がなめくじのように動いている。喉の奥に血が流れ込んで噎せ、男は、ごほごほと咳をした。

それでもまだ男には言いたいことがあるようだ。

「いちど、ちんだくせに」

正常な発音はままならず、舌足らずの幼児のような喋り方になっていた。

このままでは死に至らない。もう一度、レンガを持ち上げ、今度こそと、頭を狙って振り落とした。頭蓋骨が陥没して、骨の破片が、大脳にのめり込む手応えがあった。

それでもまだ、男は死なず、何か言おうとしている。

「いっちょに、あちょんでよ、かあさん」

これ以上聞くに堪えなかった。うるさい口を封じるべく、再度、レンガを持ち上げたところで、風景は一転した。

自分がどこにいるのか、最初のうちわからなかった。

孝則は、弾かれたように上半身を起こし、左右に首を振った。背中から腰にかけてぐっしょりと汗に濡れていた。

右側にはレースのカーテンがおりた窓があり、左側にはパソコンが載ったテーブルがあった。

夢を見ていて、「これは現実ではないんだよ」と囁く自分を発見することがよくあった。空を飛んだり、化け物に追いかけられたりと、必死であがく自分に、もうひとりの自分が囁きかけるのだ。

それは、夢の中の異様な出来事を一旦終わらせ、現実にソフトランディングさせるクッションの役目をしているに違いない。

今しがた見たばかりの夢に、客観的な視点はついぞ現れなかった。夢と現実の区別はつかず、目覚めて初めて夢とわかり、心臓は縮み上がった。

ソファに横になって考えごとをしていたところ、いつの間にか、眠ってしまったものらしい。時計を見ると、夕方の六時半だった。まどろんだのは、ほんの十分程度に過ぎない。夢を見ていた時間は、もっと少ないだろう。

にもかかわらず、黒く染まった山の斜面の風景が、脳裏にこびりついている。何よりも、絞めても絞めても、ゴムのように伸びていく首の感触や、顎を砕き、頭蓋を砕いたレンガから伝わった手応えが、拭いようもなく、身体の隅々に残っている。

孝則は、連続殺人鬼を取材して書いた著書の中で、木原が述べている一節を思い出した。

「人間は、こんなことでと思うくらい、実にあっけなく死ぬ。だが、殺そうと意図すると、なぜか死なないものだ。石で打とうが、ナイフで刺そうが、相手はしぶとく抵抗し、ゾンビのように迫ってくる。その恐怖から、殺人者は、執拗な攻撃を被害者に与えがちになる」

その通りであると、孝則は思う。自分もまた、相手が死んだという確証を得るまでレンガを振り下ろし続けたのだ。目覚めていなければ、攻撃はなお続いていたはずである。

なぜこんな夢を見るのか、理由ははっきりしていた。願望充足にほかならない。昨日から始められた水上のハッキングは成功し、今日の午後、新村のパソコンを乗っ取って遠隔操作ができる環境を手にしていた。

さっそく新村のパソコンに侵入して、目当ての画像を探したところ、ドキュメントのピクチャからは、無数のフォルダが現れた。一枚一枚呼び出してチェックしていては時間が無駄になる。一気にターゲットに到達すべく、孝則は、「貞子」とキィワードを打ち込んで検索したがヒットはなく、「リング」「連続少女誘拐殺人」など、思いつく限りのキィワードを試してみたが、無駄に終わった。ローマ字でSADAKOと打とうとして、気を変え、「S」とだけ入力すると、ようやく引っ掛かってきた。

ディスプレイには、S－1、S－2、S－3、S－4、S－5と、一気に五つのフォルダが並んだ。

推測通り、Ｓ－１からＳ－４までのフォルダには、殺された直後の少女たちを写した画像が保存されていた。動画はなく、すべて静止画である。

森閑とした山肌に腰をすえ、木の幹に背中をもたせかけ、揃えて伸ばした両足の膝(ひざ)に両手を行儀よく載せ、少女たちは顔を俯(うつむ)きかげんにしていた。フラッシュが焚(た)かれていたら、神秘的な雰囲気は破壊されていただろうが、光は多過ぎず、少な過ぎず、夕方の自然光を利用して、絶妙な陰影が表現されていた。絵画的な構図は、芸術作品の域に達していると言えよう。

殺人者と被害者という特殊な関係が、構図に緊張を与え、デカダンな美しさを与えていた。他の、どのようなシチュエーションにおいても、これらの画像に匹敵し得る、壊れる寸前の美と、そのはかなさは表現し得なかったのではないか。

孝則は、そう分析し、新村の才能に畏敬(いけい)の念を生じかけたが、Ｓ－５のフォルダに接して、その思いは一気に崩れ去った。

Ｓ－５には、茜を被写体とした画像が保存されていた。中学生、高校生、大学生と茜の成長が追跡され、勤めている学校の校門から出る姿、電車のホームに立つ姿、商店街を歩く姿などが、写されていた。茜ひとりを写したものだけで、Ｓ－１からＳ－４までの枚数をはるかに凌駕(りょうが)していることからも、対象への執着が異常に強いことがうかがわれた。強いだけではなく、途切れることなく、執着が継続されているのは間違いなかった。

最後に写された写真には、一昨日の日付があった。場所は、今、孝則がいるマンションの一階であり、オートロックの玄関を通り抜けようとする茜が写されていた。

連続少女誘拐殺人事件の犯人は柏田ではなく、新村だった。しかも、新村は付近を徘徊して、学校から家まで、茜の通勤経路を完璧におさえている。

どうやって茜を守ればいいのか、頭を悩ませているうち、夢の中で願望を果たそうとしたのだ。

今現在の茜の行動が気になり、孝則は時計を見た。午後六時三十五分。普段なら、京浜急行の電車に乗っている頃だ。現在地を割り出すべく、孝則は、GPS追跡アプリを起動させた。

今、この瞬間にも、新村の襲撃を受けないとも限らない。

思った通り、茜は、走行中の電車にいた。電車は、北品川の駅を通過して、品川駅のホームに入ろうとしていた。

直通電車に乗っていれば、そのまま駅を通過することになる。だが、乗り換えを要する車両だったらしく、茜は、一日ホームに降りたようだ。品川駅で、彼女の動きは停まってしまった。

携帯電話の小さなディスプレイの中、時は刻々と過ぎてゆく。乗り換えの電車を待っているにしても、時間が長すぎると感じられた。

針の筵の十分が経過した。我慢ならず、茜の携帯電話を鳴らそうとしたちょうどそのとき、ディスプレイからGPSで追跡中のターゲットが消えた。茜が、携帯電話の電源を落としたのだ。

時刻は、午後六時四十四分。

孝則は、頭を抱えてテーブルに突っ伏した。電源を切られただけで、にっちもさっちもいかなくなる。

……一体、いつまでこんなことが続くのか。

孝則は、拳をテーブルに打ちつけていた。だからといって気分が晴れるわけではなく、夢の中で新村の顎を割ったときの嫌な感触が蘇ったというだけだ。

新村が野放しになっている限り、茜との生活に安寧が訪れることは、絶対にない。茜の一挙手一投足を心配し、気にかけ、眠れない夜が続くのだ。現に、ここ数日間、まともな睡眠が取れていなかった。いくら長時間ベッドに横になっていても、神経がほぐれない限り、眠りはやってこない。

このまま子どもが生まれれば、心配は二倍に増えることになる。そう思いついて、孝則は、はっと頭を上げた。

……新村は、茜が子どもを産むのを待っているのではないか。

存分に泳がせて、ターゲットがふたつに増えるのを待っているのだ。ターゲットが残りひとつとなれば、遊びは簡単に終わる。しかし、新しく、もうひとつ増えれば、遊びはまだまだ続けられる。

考えるだけで気が変になりそうだった。画像をコピーして警察に持ち込んでも、本気で動くとは到底思えない。柏田誠二は、連続少女誘拐殺人事件の犯人として死刑判決を受け、既に刑が執行されている。日本の刑法では、死刑執行後に真犯人が現れるという事態が想定されていないのだ。唯一の証拠が、画像というだけでは、再捜査の根拠として弱すぎる。第一、孝則は、画像処理のプロだった。CG技術を駆使して、偽物の画像を作るのを仕事としている。警察に行ったところで、軽く追い払われるのがオチだ。

奴の脅威から逃れる方法は、どう考えても、ひとつしかない。強制的に排除するのみだ。ようするに、殺すほかないのだ。

孝則は、自分の両手を広げた。

……この手で、人が殺せるのだろうか。

相手が、殺意をむき出しに襲ってくれば、がむしゃらに応じて、窮鼠猫を嚙むことも可能だろう。しかし、向こうが行動を起こすのを待っていては遅いのだ。機先を制さない限り、愛する者を失う確率は増す。

夢の中ならどんな怪物でも殺すことができる。しかし、リアルな現実となるとそうはいかない。孝則には、自分の手で、計画的に人が殺せるとは、とても思えない。想像しただけで指先が震えた。

震える手の横で、携帯電話のＧＰＳ追跡アプリが作動し始めた。茜は、携帯電話の電源をオンに戻したようだ。

時刻は六時四十九分。茜が携帯電話の電源を落としていた時間は、ほんの五分だけだった。

茜の動きには変化が現れた。どうやら、品川駅の改札を出て、タクシーを拾ったらしい。タクシーは第一京浜を北に進行中だった。

品川駅構内で何らかのトラブルが発生し、茜は、電車を諦めてタクシーに切り換えた……、そう考えるのがもっとも自然である。

いずれにせよ、あと二十分もすれば、茜は、帰ってくるはずだ。

7

いよいよ、夢と現実の区別がつかなくなってしまったのかと、孝則は目をこすり、頭を振った。

　テーブルに座ったのは、パソコンを起動させるためではなかった。しばらくは、見るのもうんざりだった。頭がぼうっとする中、座ろうという意識もないまま、ただふらふらと腰をおろしたというに過ぎない。

　電源はオフになっていて、バックライトは落ち、背景が黒いままのディスプレイが目の前にあった。

　自分の腿に爪を立てようが、頬を張ろうが、目の前の光景に変化はなかった。

　つまりこれは現実である。

　ディスプレイの中には、ひとりの男が立っていた。

　真っ黒なパソコン画面の中央に立つ男は、閉じた緞帳の前で舞台挨拶をする役者のようだった。

　男は、直立しているわけではなかった。組んだ両足の角度や、腰の位置から判断してスツールに尻を乗せているのだと想像がついた。しかし、黒いスツールが、同色の背景に溶け込んで見えないため、男は、不自然に身体を歪めて立っているように見える。

「よう、同類。そんなに悄気るな」

　男は柏田誠二だった。というより、高山竜司というべきだろう。

竜司は、黒いディスプレイに貼りついた、漫画のキャラクターのようだった。

「竜司さん……」

孝則は、父の友人である竜司をさんづけで呼んでいた。

「覚えてるか、一度会ってるよな。おれたち」

「はい」

人物の持つ迫力におされ、なぜか孝則は殊勝な気持ちになる。

「行くところがあって、のんびりもしていられないんだが、最後に、どうしても言っておきたいことがあって、やって来た。おまえが苦しむ姿を、黙って、見ていられなくてな。

いま、おれがいるのは、二次元のデジタル空間だと思ってもらえればいい」

USBメモリに記録された柏田の首吊り画像をパソコン本体に取り込んでしばらく後、デジタル空間でのみ通用する命を得たかのように、人物だけが画像から消え、どこへともなく遁走していた。それが、今頃になって、舞い戻ってきたというのだろうか。

「既に知っていると思うが、おれと、おまえは、同じ過去を持つ。ともに貞子の子宮から生まれた。おまえの親父は、そいつを必死で隠そうとした。なぜだか、わかるか。おまえの命と引き換えに、人類に悪を解き放ってしまったと思い込んでいるからだ。

罪悪感を隠蔽しようとしたわけではない。からくりを知ったとき、おまえ自身が余計な疚しさを抱くことを心配したんだ。世の中には、知らずにすむのであれば、知らぬままでおいたほうがいいこともある。親父を責めるな。すべて愛する我が子の命を復活させようとしてやったことだ。安藤の行為がなければ、今、おまえはここにいない。

高野舞のことは知ってるな。二十五年前、品川ビューハイツ303号室に住んでいた高野舞は、たまたま排卵日に呪いのビデオテープを見て、山村貞子の遺伝子を引き継いだ女性を産んだ。彼女の戸籍名は丸山真砂子という。茜の母であり、おれもよく知っているひとだ。

真砂子は、特殊な子宮の持ち主だった。排卵された卵子を一旦取り出し、死んだ人間の遺伝情報を注入して子宮に戻せば、一週間で赤ん坊が生まれ、赤ん坊は死んだときの年齢まで成長を遂げ、生前の記憶を取り戻す。

そんなばかな、と思うだろう。ここには、おまえたちには到底理解できないメカニズムが働いている。説明したくても、できないし、してはいけないことになっている。なぜなら、おまえたちがいる世界より高次元にある世界に関することだからだ。二次元平面に生きる者は、三次元空間に生きる者の世界をかいま見ることはできないし、その世界を想像することもできない。しかし、逆が可能であるのと同様、高次元に生きる者は、下次元に生きる者の生に干渉し、加工することができる。

得意だろ。おまえ、映像を加工するのは。それと同じだよ。

三次元空間に住む人間が、二次元平面を這い回る蟻をつまみ上げれば、突如蟻の世界から一匹だけ消え失せたように見えるだろう。逆に、上空から蟻を元に戻せば、どこからともなく現れたように見える。超能力といわれる現象だって、高次元を例にとれば、簡単に説明ができてしまう。超能力者とは、高次元にアクセスする能力を持っている者のことをいう。予言、念写、なんだって自由自在だ。GPSを操作して導くこともできるし、いたずらを施した画像を送りつけることもできる。おれが、酒田清美にしたようにな。

情報という観点からも同じことがいえる。上位の次元には、下位にある世界の情報がすべて保存されている。生体情報を含めてだ。である以上、保存された情報を、再び呼び出すことは簡単にできる。必要なのはインターフェースだけだ。たまたまそれが、丸山真砂子の子宮であったと考えれば、納得できるだろう。

上位次元と下位次元とを結ぶ、へその緒のようなものだ。

ここで肝心なのは、情報には単位があるということなんだ。たとえば、遺伝子とは、ひとかたまりになった情報の単位であり、DNAの二重螺旋からRNAに転写されるときは、読み込みの開始コードと終了コードが必要となる。始めと、終わりがあって、ようやくひとつの情報として取り扱うことができる。人間も同じだ。誕生して、生きて、死んで初めて、どのような人生であったかを語ることができる。いくら幸福に生きてきたとしても、死の間際に愛する人間を亡くしたりすれば、人生は最後でどんでん返しを食うことになる。どこでもいいから、一旦、終わらせなければ、ひとりの人生という情報のまとまりにはならず、次元を超えて移動することはできない。こんなふうにたとえればわかりやすいだろう。人間は、生きたまま、天国に行くことはできない。死んだと認証されてようやく、天国に行くことができる。それと同じだ。

おれは今、二次元平面で生きている。おまえたちのいる世界で、公に死を認証されて、ここにやって来た。死刑執行の瞬間がデジタル撮影され、認証を得たというわけだ。好き好んで新村の身代わりになったわけではない。たまたま公開される死を必要としたとき、その条件の中、ぴたりとおさまったというだけだ。

だから、撮影されたときの実体のまま、今、ここにいることができる。

なぜ、次元を超えて移動しなければならないのか。二十五年前、おまえたちの世界には、リングウィルスが蔓延しかけた。放っておけば、爆発的に貞子という個体が増殖し、多様性が失われ、人類は、絶滅への道を辿っただろう。

蒔かれたタネを回収するために、おれはやってきて、全力を尽くした。おまえの親父の力を借りて、柏田誠二という戸籍を入手し、彼になりすますことにした。おまえの親父は、それ以降のことを知らない。あいつは、たぶん、おれのことを本物の連続殺人鬼と思ってるだろうな。あとで、おまえから、釈明しておいてくれ。おれが、そんな悪い奴のはずないだろうってな。

ま、そんなことはどうでもいいが、おれは、柏田になりきって、『リング』出版の差し止めを図ったが、取りこぼしが出てしまった。初版本、五千部のうち、二千部が、関東圏に流れてしまったんだ。配本されたルートを辿り、書店や図書館に足を運び、地道に回収したつもりだが、残念ながらその間に、四人の貞子が生まれてしまった。

初版以降の、改定再版本、文庫本には、ちょっとした細工を施して、リングウィルスを封じ込めることができた。機会があったら、現物を手に入れて、見比べてみるといい。『リング』の初版本は、表紙をめくった見返しの部分は黒く塗られている。それに対し、改定再版本、文庫本には、眼球のイラストが施されている。眼球のイラストは、ワクチン、あるいは解毒剤のようなものだ。チラッとでもいいからイラストを見て、本文を読み進めれば、ウィルスの効力は消去される仕組みになっている。

映画のほうは、おまえもご存じの通り、見事、お蔵入りに追い込んでやった。

リングウィルスの撲滅作戦は、ほんの少々取りこぼしがあったにせよ、まずまずの仕上がりだった。貞子が生まれたとしても、たった四人となれば、生態系には何の影響も与えない。放っておけばいいだけだ。もちろん、監視は続けた。貞子たちが、どこにいて、どのように成長しつつあるのか、しっかり見極めなければならない。機会を見て、四人のうちひとりの毛髪を採取することもできた。いざ、ＤＮＡ情報が必要になった場合を見越してな。ところが、名前をラベルして毛髪を保存していたことが、連続少女誘拐殺人犯としての動かぬ証拠となってしまったというわけだ。

ここで、新村裕之なる人物のことを話さなければならない。『リング』をお蔵入りに持ち込むために必要な情報を得ようとして、おれは、新村裕之の祖母と知り合うことになった。しばらく後、ばあさんから、孫の家庭教師を依頼されたってわけさ。

ばあさんは、母親が女優業に熱中するあまり、捨てられたも同然の裕之が不憫(ふびん)でならないと、ことあるごとに嘆いていた。酒田清美を罠(わな)にはめ、大きな挫折(ざせつ)を味わわせた手前、こっちにも引け目があり、息子が中学生になる頃には、家庭教師を引き受け、自宅に招いて勉強を教えるようになった。なかなか頭のいい子だったが、最後まで、何のために勉強するのか、その意味を理解しようとはしなかった。彼にとって、勉強とは、競争相手よりもいい点を取ることに尽きた。得点で上回りさえすればいいのだ。やがて、自明の理で、自分の成功より、相手の失敗を望むようになっていった。競争相手が、しくじって悪い点を取っても、勝つことに変わりはない。

中学を卒業するまで、勉強を教えたが、それが限界だった。彼は、おれのもとを去っていった。そのとき、貴重なデータがコピーされていたことに、まったく、気づかなかった。彼のことを、子どもだと、甘く見ていたんだ。彼は、心の中にモンスターを育てつつあった。

現存する四人の貞子に関する情報を新村に持ち逃げされたのは、おれにとって最大の不覚だった。

たぶん、奴は、母である酒田清美のことが、好きでならなかったのだと思う。母が、『リング』主演女優の座を一旦は射止めていただけに、『リング』に関係することすべてに、異様なまでの興味を示した。あいつはイカれている。アブノーマルなマニアと言っていい。それが高じて、高野舞が以前に住んでいた部屋に居座っているのだから、推して知るべしだ。

奴にとって、貞子は、唯一の遊び相手だった。いつも空想の中で、貞子と戯れていたに違いない。

ところが、奴は、貞子が実在すると知ってしまった。しかも四人も……。

ひとり目の貞子が誘拐されて殺されたとき、おれは事件の背景がどうなっているのか、気づかないままだった。偶然、事件に巻き込まれたのかなと、思った程度だ。そして、ふたり目の貞子が殺されたとき、まさかと警戒心に火がついた。三人目が殺され、確信した。犯人は、貞子のみを狙って犯行を重ねている。となると、犯人は、貞子に関するデータを持っていることになる。おれ以外の、一体だれが、それを持ち得るというのか。『リング』の事情に詳しく、おれのファイルを盗み読みして、データを持ち出せた可能性があるのは、新村だけだ。

あとは時間との勝負だった。四人目の貞子が誘拐され、殺される前に、彼女を保護しなければならない。しかし、間に合わず、四人目の貞子も奴の手に落ちてしまった。そこでとどまらず、奴は、五人目の貞子に魔手を伸ばしかけた。

おまえの愛する、茜だ。

茜だけは、どうやっても守らなければならないという覚悟で臨み、どうにか奴の裏をかき、奪還したまではよかったが、意識を失ったままの茜を車のリアシートに乗せ、南箱根パシフィックランドから、上多賀に抜ける県道を走っていたとき、前方からトラックが来て、おれは道の膨らみに車を寄せて停めた。そのとき、茜は、意識を取り戻し、車のドアを開けて、みかん畑の中に逃げてしまった。

茜は、おれのことを、連続殺人犯と勘違いしていた。ほうってはおけなかった。おれは、車から飛び出し、みかん畑に茜の姿を捜した。茜に、犯人と思われてしまったのは実に心外だった。どうしても、彼女に言っておきたいことがあった。あともう少しで、真実を伝えることができたのに、それは果たせなかった。彼女を抱き上げようとして、通報を受けてかけつけた警察に逮捕されてしまったからだ。現行犯の上、家からは証拠品が発見され、万事休すというわけだ。

なぜ、おれがこんな話をしているのか、おまえは疑問に感じ始めている頃だろう。

「言いたいことの核心が、自分がしたことの告白にあるわけではない」

竜司がそこまで話したとき、孝則は、ドアの開く音を聞いた。反射的に時計を見ると、午後七時二十二分だった。ドアは閉まり、内側からカギがかけられ、やがて玄関先から茜が現れた。

孝則は、安堵の溜め息をついてイスから立ち上がっていた。

「茜、おかえり」

「ただいま」

茜の声はいつもより明るかった。

「いいタイミングで、茜が帰ってきた。彼女にこそ、話を聞いてもらいたい。ここに呼んで、おれの前に茜を座らせてくれ」

孝則は、竜司の要望に応えるべきかどうか悩んだ。殺人犯として刻印されている竜司の顔を見れば、茜は、大きなショックを受けるに違いなかった。しかし、現実は、殺人犯どころか、命の恩人とも呼べる人だ。その事実は、しっかりと茜に告げられるべきと判断して、孝則は、茜を手招きした。

「なーに」

テーブルを回り込んで、ディスプレイの前に立った茜は、映っている映像を見て、一瞬、息を飲んだ。「ひっ」と、短な叫び声を上げ、手を口に当て、両目をきつく閉じていた。

孝則は、そんな彼女を優しく抱き寄せ、耳許に囁いた。

「誤解なんだ。この人は、きみを殺そうとしたんじゃない。逆だ。助けようとしたんだよ。きみを殺そうとしたのは新村だ。新村の手から、きみを救い出したのが、この人なんだ。さあ、目を開いて、よく見てごらん」

小さく首を横に振る茜に、孝則は、さらにたたみかけた。

「だいじょうぶ、さあ、安心してほしい。ぼくの言うことを信じて、目を開けるんだ」

孝則の言葉が胸に届いたのか、茜の目は徐々に見開かれていった。

目と目が合ったタイミングを逃さず、竜司から先に口を開いた。

「茜。大きくなったな、また、会えて、こんなに嬉しいことはない」

感情を込めて茜と呼ぶ声の響きにピンときて、茜の瞳には小さな輝きがひらめいた。

「茜、おまえの心に刻まれた恐怖を、払拭させてほしい。おまえは、おれに殺されかけたと思い込んでいるが、事実は、今、孝則が言った通りだ。覚えているかい。暗い山道に車が停まった隙を狙い、おまえはドアを開けて、みかん畑へと逃げ出した。おれは必死で追った。殺人犯と勘違いされるのだけは御免被りたかった。それ以上に、お抱き締めて、伝えたいことがあった。だから、必死でおまえを追った。なぜだかわかるか。おまえの母である丸山真砂子を、おれはかつて愛していた。茜、おまえは、おれの娘だ。それを伝えたかった」

衝撃のあまり、孝則は腰を浮かしかけた。確かに、茜の母は、相手がだれとも知れぬまま、茜を産んでいる。その相手が、自分であると、竜司は告白しているのだ。

「この事実を、孝則、おまえもまた、しっかり受け止めてほしい。新村の犠牲となった四人の貞子は、みなそっくりな顔をしていた。だが、茜は似ているといった程度だ。なぜかと言えば、生まれ出たメカニズムが異なっているからだ。四人の少女たちは、ウィルスの影響を受け、無性生殖によって誕生した。しかし、茜は、真砂子という女性とおれとの間の、確かな行為の結果として生まれた。愛情が介在したことを、どうか信じてほしい。

茜は有性生殖で生まれた、完璧(かんぺき)な女性だ。免疫系その他に問題はない。だが、無性生殖で誕生した真砂子は、免疫系に弱点があり、実にあっけなく死んでしまった。四人の少女たちは、新村に殺されなかったとしても、あまり長生きできなかったかもしれない。だが、安心してほしい。茜には何の問題もない。

おれは、ひとり残された茜を引き取り、共に暮らそうとしなかった。おれにはその資格がなかったんだ。それ以前に、真砂子を愛する資格すらなかった。

おれはこの世のものならざる存在である。もともと、この世界に長くいるつもりはなかった。行くべき世界が他にあったのだが、つい長居をしてしまった。今いる二次元の世界とも、すぐにもおさらばだ。情報のみの存在となって、さらに次元を超えて移動する。わかるか。このあとに行くのは、一次元の世界だ。ようするに紐だよ。われわれの遺伝情報は、絡まり合った二本の紐に記述されている。使われている言語はATGCの四つだ。長い紐に、ずらりと言葉が並んでいると思えばいい。S状にくねる一本の紐……、一次元の世界は、情報だけが圧縮されている。次元を削ぎ落とし、情報のみの存在となって、先鋭化させる。

言ってみれば、それは生命のタネだ。生命のタネとなってようやく、おれは、高次元の世界に行くことができる。地球上の生命だって、そうやって誕生したんだ。一本の紐に圧縮された情報となって、芽吹いた。介在したのは、光だ。一次元情報に変換されてなければ、光に乗ることができない。

次元を超えて遊弋するのが、おれがやりたいことのすべてだ。宇宙の実相を知りたいという強い願望のためには、他のどんなことも、諦めなければならない。

神をイメージすればわかりやすいだろう。神が万能なのは、高次元の世界に存在するからにほかならない。自分のことを神と称するなんて、思い上がっていると勘違いされそうだが、まあ、便宜上、そう譬えるのが一番わかりやすい。

神は万能であると言ったが、実は、ひとつだけできないことがある。何だかわかるか。人を愛して、子どもを作ってはいけないのだ。愛すると言っても、アガペーのことではない。エロスとしての、愛だ。なぜ、神は人を愛し、子を作ってはいけないのか。愛して、子が生まれれば、そこに激しい執着が生まれるからだ。結果として、愛の対象者以外の者を平等に扱えなくなる。次元を超える旅を、永遠に宿命づけられている者は、エロスをともなった生々しい愛に、身を浸してはならない。必ず、別れのときがくる。茜と一緒に暮らし、執着が生まれれば、次元を超える旅に出る勇気はくじかれるだろう。おれはそれを恐れた。

ただし、孝則、おまえは人間だ。神ではない。思いっきり愛してやってほしい。激しい執着に身を焦がし、いざ、残虐に奪取しようとする敵が現れれば、殺すほどの闘志を見せてほしい。

きれいごとを並べたところで、屁の役にも立ちはしない。かえって人を不幸にするだけだ。人間は、泥の中をもがくように、生きるほかない。それが人間の姿であり、だからこそ愛しく、祝福されるべき対象となる。

そろそろ行かなければならない。孝則、茜をよろしくたのむ。おまえには、茜を愛する資格がある」

その言葉を最後に、竜司はディスプレイを縦によぎり、フレームの下にすとんと落ちて、消えた。

8

徐々に霧が晴れるかのような壮快感に包まれて、孝則は目覚めた。ベッドにあお向けのまま、天井を見上げていると、網膜に映る世界が、いつもと違っているように見える。

なぜ、いつもと違う朝を迎えたのか。昨日、一昨日(おととい)と、どこがどう違うのか、考えるまでもなかった。昨夜から今朝にかけて久し振りでよく眠れたからだ。夜中に、一度も目を覚ますことなく、朝まで眠り通したのは、この数日来で初めてのことである。

快眠の理由として考えられるのは、竜司から届けられたメッセージであるような気がする。彼が伝えようとした内容を、すべて理解したわけではない。次元を超える旅と言われても、ちんぷんかんぷんで、自分とは無関係のことと思われてくる。孝則に関心があるのは、現実だけだった。竜司の話を聞き、この世界で、苦悩し、泥の中を這(は)いずり回る行為に、正当性が与えられ、いくらか開きなおることができたのだ。このままでいいという、御墨付きをもらうことができた。

茜はとっくに起きて、朝食の用意をしているらしく、台所のほうから食器の音が聞こえた。

時計の針は朝の六時半を指していた。普段通りだとすると、茜は三十分前にベッドを抜け出したことになる。すぐ隣で鳴ったはずの、目覚まし時計の音にも気づかなかった。

リビングを抜け、キッチンに入っていくと、茜は、作り終えたばかりの野菜ジュースを差し出してきた。トマト、人参、リンゴなどがほどよくブレンドされた特製の野菜ジュースだった。

喉を鳴らして一気に飲み干すと、身体中の細胞がしゃきっと目覚めてくる。

孝則は、空になったグラスをテーブルに置きながら座り、リビングからキッチン、バスルームへと歩き回る茜の姿を目で追った。

茜はパジャマを着たままだった。バスルームの鏡の前に立ち、薄く化粧をほどこしている。やはり、今日も学校に行こうとしていた。

昨夜、寝る前に、「明日、学校に行かないでほしい」と訴えたが、茜は、意味もなく笑って、「だいじょうぶよ」と言うだけだった。

茜の居場所と安全が確認され、帰って来るまで安心できず、そのせいで、まったく仕事が手につかないと訴えても、「心配してくれてありがとう。気持ちは嬉しい」と、暖簾に腕押しで、埒が明かなかった。

鏡の前に立ったまま化粧をする姿が、リビングのテーブルからもかいま見えた。

……週末に、ドレッサーを買いに行こう。

男の一人暮らしだった孝則の部屋には、ドレッサーの類いがなかった。

茜は、いくら必要な物であっても、自分から欲しいと要求することはなかった。買ってあげると言っても、「いいから、いいから」と遠慮するのが常だった。

若い女性に、立ったまま化粧させるわけにはいかなかった。週末は、無理に引っ張ってでも茜を家具屋に連れて行こうと、孝則は心に決めた。

化粧を終え、茜は、ベッドルームに移動して服を着替え始めた。

そのとき、孝則は、電子タブレットに新聞がアップされたまま、テーブル上に放置されていることに気づいた。茜は、起きるとまず、電子タブレットで新聞を読む。今朝も、その日課をこなしたようだ。

スクロールしながらざっとディスプレイを眺め渡すうち、おやっと思う記事にぶつかった。見出しに、興味を引かれた。

「昨夜、品川駅で人身事故……」

孝則は、記事を拡大した。

「昨夜、午後六時四十六分頃、品川区南品川に住む新村裕之さん（三十歳）が、品川駅のホームから転落し、後続の車両に轢かれて即死。自殺か事故かは不明。事故の影響で、京浜急行全線に大幅な遅れが出たもようである」

……新村が死んだ。

その事実が、じわじわと頭に浸透してくる。

もう一度、記事を読んで顔を上げた。

……新村が、死んでくれた。

心の中に快哉(かいさい)を叫びたい気分であったが、孝則は、興奮を抑え、落ち着くように言い聞かせた。

最大の懸案事項であった新村が、この世からいなくなったのだ。こんなありがたいことはない。にもかかわらず、なぜか、喜びが湧いてこなかった。

昨日、孝則は、新村に対して、殺したいほどの憎悪を抱いたばかりである。あまりにあっけなく、願望が果たされてしまった。偶然と片付けるには、タイミングがよすぎるのだ。

もっと詳しい情報が必要だった。孝則は、パソコンを起動させ、新村裕之の自殺、あるいは事故死に関する情報を検索した。

すると、動画サイトに、彼がホームから転落する直前の映像が、アップされていることがわかった。たまたま同じホームに立って、携帯電話を撮影モードにしていた者がいて、不審な動きを見せた新村に焦点を合わせたため、貴重な瞬間をとらえることができたという。その人物は、新村が転落する瞬間を撮影した動画を、サイトにアップしたのだ。

孝則は、すぐに動画サイトにアクセスして、問題のシーンをディスプレイに再生した。

夕方の品川駅とあって、ホームは混雑していた。ところがひとりの人物の周囲にだけ、半径一メートル程度の円い空隙ができていた。何か、異質なものを嗅ぎ取り、彼の周囲にいた乗降客が、一斉に、すっと離れたといったふうだ。円の中心にいるのは、新村とおぼしき男性だった。

周囲から人がいなくなると、新村は、人に邪魔されることなく前に進むことができた。一歩二歩と前進し、ホームの縁に立ち、さらに一歩階段を上るように片足を振り上げたところで、ホーム下に転落し、後続の電車に轢かれて姿を消した。

孝則は、もう一度再生して、細部を確認した。二度目の再生で、明らかになったのは、新村を中心にした半径一メートルの円は、上空からの淡いスポットライトを受けてできているということだ。薄く、ぼんやりとしていて、そのつもりで見なければ判別できない程度の、かすかな光だった。

そして、スポットライトが移動するのと同調して、その中心にいる新村は、ホームの縁へと導かれ、転落している。

三度目の再生では、孝則は、新村の横顔に注目した。ホームから落ちる直前、新村は、両手を前に差し出し、哀願し、求めるような仕草をした。頬に浮かんでいるのは絶望ではなく、哀しみだった。だれかに、喋りかけた口からは、今まさに、言葉が発せられようとしていた。だれかに、喋りかけようとして、彼は一歩前に出たように見えた。

四回目の再生をするつもりはなかった。もう充分だ。孝則は、新村裕之という魔物が、この世からいなくなったことを確信した。

……奴は、導かれるように前に進み、ホームの縁から飛んだ。

だれに導かれたのか、問題はそこだ。

撮影された時間が刻印されていて、新村が死んだ時刻は分単位で判明している。午後六時、四十六分。昨夜のその時間に、茜が、間違いなく品川駅のホームにいたことは、GPS追跡アプリで確認済みである。死んだのが、新村かどうか知るよしもなかっただろうが、間違いなく、茜は、事故を目撃していたはずである。

にもかかわらず、茜は、昨夜、帰ってきて、人身事故のことに何も触れようとしなかった。

いつもの茜なら、事故を目撃したりすれば、「ねえ、聞いて聞いて」と、興奮気味に見たことすべてを喋りまくる。

しかも、午後六時四十六分という時間は、茜の携帯電話がオフになっていた時間帯に入る。彼女の携帯電話は、六時四十四分から五分ばかりの間、電源が切られていた。なぜ、オフにしたのだろう。悪いタイミングで呼び出し音が鳴って精神集中が妨害されないよう、念押ししたのではないか。

新村は、自分にだけ見える貞子の姿に導かれ、ともに戯れようとして、ホームの縁から伸び上がったのではないか……。

疑念は拭い切れない。なにしろ、茜にはその力がある。

着替えを終えた茜は、玄関先の鏡の前に立って、出勤前の最終チェックに入っていた。

「ねえ、ちょっと、このコーディネート、おかしくない？」

時刻は七時を過ぎようとしていて、もはや服を替えている余裕はなかった。そんなことは承知の上で、彼女はただ「似合っているよ」と言ってほしくて、確認しているに過ぎない。

「すごく似合ってるじゃないか」

「よかった、じゃ、行ってくる。今夜は少し早く帰れるかもしれない」

「ああ、気をつけて」

ドアを開け、出て行こうとする茜に、孝則は、手を伸ばしかけた。

「なーに？」

茜は、ドアの縁に手をかけたまま、振り返った。

「いや、何でもない」

昨夜の人身事故について、真相を訊くのは野暮というものだ。知らずにすむのであれば、知らぬままでおいたほうがいいこともある。

……すべて暴く必要がどこにある？

「じゃ、孝くん、行ってくる。目が覚めたとき、あなたが横にいるとすごく嬉しい。だれにも邪魔されず、いつまでも続くといいね」

ドアから手を離すと、カチッという音とともに閉まり、ダークグレーの扉の向こうに茜の姿が消えた。

孝則は、そのまま玄関先に立っていた。

茜は、エレベーターホールに向かって歩いているのだろうが、防音は完璧で、足音はまったく聞こえない。ただ、小さな命をお腹に抱えて前に向かって歩く可憐な姿を、想像するだけだ。

ここ数日間、茜を失うかもしれないという恐怖に、どれだけ悩まされたことか。仮想空間から立ち上がり、実体となって迫ってきた黒い触手に、もう少しで、大切な存在を持っていかれるところだった。新村の狙いがどこにあったかは不明で、今後、解き明かされる可能性は少ないだろう。

とにかく、これで終わったのだ。新村が電車に轢断(れきだん)されて即死したのは、動かしようのない事実である。つけ狙われ、殺されるという事態は、回避された。明日(あした)からは安寧の中に朝を迎えられる。

唯一、気掛かりなのは、不審な死を遂げた新村が、事故後、警察に検分され、しきりにカメラで撮影されたであろうことだ。

孝則は、公に新村の死が認証されたことに、なんとなく嫌な予感を抱いた。

同じ死からの再生にしても、高山竜司のそれは、神の降臨を思わせるが、新村の場合、どうしても、悪魔が連想されてしまう。

拭っても拭っても、未来に立ち込める暗雲がすっきりと晴れることはなかった。

どこかで折り合いをつけながら、漠然とした不安の中を進むほかなかった。

ぬかるんだ泥に足が滑っても、一歩踏み出せば、必ず、足場を見つけられる。

庇護(ひご)される者から、守る側に転換しつつある孝則にとって必要なのは、踏み出す勇気だった。

茜と暮らすことによって、孝則は、その勇気が養われるような気がした。

エピローグ

九月も半ばを過ぎたというのに、まだ暑い日が続いていた。

バス停で降り、校門まで歩く道すがら、茜は、何人もの生徒たちに追い抜かれた。

「先生、お早うございます」

追い抜くたび、生徒たちは元気よく挨拶をしていく。茜が、笑顔を向ける頃には、生徒たちはとっくに横を駆け抜けて前を歩いていた。

妊娠五か月を過ぎて安定期に入っても、歩く速度は上がらなかった。相変わらず、のんびりと、ときどき腹に手を当てるようにして、茜は、マイペースを守っている。

「先生、かわいい」

腹に重心を据えるような歩き方を、かわいいと茶化して追い抜いていく生徒もいた。

茜が妊娠五か月であることは、学校中のだれもが知っていた。夏休みに入る前には孝則との入籍を済ませ、夏休みの終わりには知人友人を招いて小さな結婚披露パーティを催すことができた。学校関係者も招待して、茜の結婚と妊娠は、公に認められることになった。

実際のところ、学校関係者を招待しなければ、茜側の知人友人は極端に少なく、人数の釣り合いが取れなくなるところだった。

ふたりを祝福するために駆け付けた友人たちのほとんどは、ほぼ同年代だったが、年配の男性の姿もちらほらと交じっていた。ルポライターの木原もその中のひとりである。

茜の挨拶を受け、最初のうちとまどいを隠せなかった木原も、話すうちに打ちとけて、今後の執筆計画を明かすまでになってくれた。

木原は、連続少女誘拐殺人事件の犯人が、柏田ではなく、新村であったという真相を公開すべきではないと考えていた。せっかく資料を揃えたにもかかわらず、ノンフィクションとして、書くつもりはないというのだ。死刑執行後に真犯人が見つかり、さらにその人間が自殺しているとなれば、社会に与える衝撃は大きすぎる。しかも、『リング』にまつわる二十五年前の出来事が炙り出されることになるのだ。収束したと思われている事態を蒸し返せば、余計な不安を煽るだけで、いいことはなにもなかった。

「その代わり……」

と、前置きして、木原は、新たなジャンルへのチャレンジを表明してくれた。

「この機会に、念願であった、小説の執筆を始めてみようかと、思うのですよ」

もともと作家志望であった木原は、小説という形式を取ればクリアできるはずだと、新たなジャンルに意欲を燃やす。

小説は、三部作の構成を成し、第一部は孝則を、第二部は新村をモデルに据えるというアイデアまで教えてくれた。

新村裕之に関する謎は多く、連続少女誘拐殺人の目的が何であったかわからないまま、彼は死んでしまった。

現在、木原は、新村の生い立ちを調査し、知人友人への取材を順調に進めているところだった。

孝則は孝則で、CG技術を盛り込んだ、明るく、夢のあるミュージカル風映画の企画を立ち上げ、シナリオを練っているところだ。

みな、それぞれの道を歩いている。

校門まであと五十メートルばかりあった。一時限目のチャイムがもうすぐ鳴るとあって、ほとんどの生徒は駆け足になっている。そんな状況の中、さっきからずっと、茜の後ろについていて、のんびりと会話している生徒たちがいた。女子生徒ふたりの声が、すぐ間近にあって、背中から離れない。

声に聞き覚えはないけれど、同じ高校の生徒であることは、間違いなかった。

彼女たちは、何やら噂話に興じているようだ。

「でも、それって、変じゃない」

「どこが」

「だって、怖くないもん」

「えー、怖いよ」

「じゃ、見てみようか」

「やめなって、ほんと、後悔するから」

「後悔するわけないよ、ただの画像なんでしょ」

「だから、変な噂があるんだってば」

「残虐なやつじゃないんなら、見ても平気じゃん」

「それが罠なのよ。美しいものには刺があるって言うでしょ」

「なに、それ。よけい見たくなる」

「知らないよ。どうなっても」

「あんたには迷惑かけないから、教えてよ。呼び出し方」

「Sと入力して、画像を検索するだけ。うじゃうじゃ、たくさん、出てくるから」

「じゃ、ずっと、一緒に遊べるね」

「しばらくは、飽きないだろうね」

　女子生徒たちの声は何やら楽しげだった。

　校門前で立ち止まり、左に折れるタイミングで、茜は、後ろを振り返った。そこにいるとばかり思っていたふたりの女子生徒の姿は、どこにもない。

　バス通りは先の高架へとまっすぐ延び、両側には街路樹が並んでいた。軽快な少女たちの笑い声は、樹木の葉を揺らし、幹を擦りながら、高架を走る電車のほうへと転がっていった。

　笑い声が駆け抜けた先には、かすかに、秋の気配が漂っている。

　茜は何事もなかったかのように校門を抜け、花壇の脇を歩き、生徒たちが待つ教室へと向かった。

解説　貞子を背負って戻ってきた鈴木光司氏。お帰りなさい！

『Ｍｅｉ（冥）』編集長　岸本亜紀

『ダ・ヴィンチ』が鈴木光司さんを取材したのは都合十九回。一九九五年十一月号が初登場だ。驚くことに最初の一回を除けば、残りすべての記事を私が担当していた。最初の出会いは九六年七月。〝平成の「健康的」作家　鈴木光司の「健康的」生活・密着ルポ〟という企画だった。その名のとおり、一日密着ルポをするため早朝から高輪の仕事場に向かった。当時は狭いアパートを仕事場にしていて、壁には自筆のメモや資料がべたべた貼られ、床や机の上には資料本や雑誌がところ狭しと並べられていて、撮影スペースもないほどだった。半そで短パン姿、筋肉隆々の腕、がしがしとワープロを打つ手を止めて、「おっ！　来たな！」という笑顔を向けてくれた姿を今でも思い出す。鈴木さんは子育てを十年近く経験しており、子どもを保育園に送り届け、フルーツのみの朝食後、高輪プリンスホテル内にあるカフェで思索の時間を過ごし、昼は自分でささっと作り、午後は執筆、夕方からジムに行きたっぷり二時間のトレーニング、たまに夜の街に繰り出し大カラオケ大会という生活をしていた。そういえば昔、高輪でのカラオケ大会をご一緒して、鈴木さんが木箱を太鼓代わりに叩きまくり、あっという間にぼろぼろになってしまったということがあったなぁ……。もとい。子ども中心の規則正しい健康的な生活。それが鈴木光司スタイルだった。九六年といえば、すでに『らせん』が大ヒットし、鈴木光司の人気は飛ぶ鳥を落とすがごとくの勢いだった。しかし売れるまでの道のりはそれなりに長かったようだ。当時のことを鈴木氏は『ダ・ヴィンチ』のエッセイでこう記している。

「一九九三年の六月初旬、梅雨明けの肌寒い日に、ぼくは急に泊まりがけの海水浴に出かけたくなり、妻と娘たちを誘った。ところが、我が家の銀行口座はどれもマイナスで、かき集められるだけの現金を集めても三万円に足りない。（略）貧乏旅行であったが、西伊豆小土肥の海はきれいで、民宿三幸のおもてなしはすばらしく、（略）次の年もまた次の年も同じところにでかけようということになった。一九九五年の夏、わが一家は、東京から故郷の浜松に帰省する途中、民宿三幸に泊まって、海水浴と夜の蛍を楽しんだ。（略）」

その翌日、帰省予定の実家の母親に電話を入れると、朝から何度も角川書店から電話が入っているという。携帯電話のない時代だ。それを聞いた鈴木さんは、外から角川書店の担当編集者に電話を入れたところ、一週間前に発売された『らせん』がものすごい勢いで売れ始め、数万部単位の増刷が決まったと知らされた。鈴木氏はとっさに手に入る印税を頭の中で計算したという。鈴木氏はこの旅行を機に貧乏生活から脱出することになる。

そもそも鈴木光司は小学生のころ毎日、日記代わりに小説を書いていた。「筏(いかだ)を作って太平洋を横断する」というストーリーだったそうだが、それが『楽園』につながり、はたまたリアル生活でも実行してしまうところが鈴木氏ならでは、だ。高校時代はロックにはまったものの、バイト中に読書（太宰治）に目覚め、作家志望に転向。急遽(きゅうきょ)文学部を目指し、七七年に上京して受験勉強に励み、翌年、慶應義塾大学文学部に入学、仏文を専攻。在学中はよく勉強したという。目的は作家になること、と絞れているためか、彼にとっては何もかもが勉強の対象になったのだそうだ。『ダ・ヴィンチ』の取材ではこのように語っている。

「一番大きかったのは、サルトルのフローベル論の原書講読の授業。十行読むのに一時間半かけるんだよ。そして、ひとつの言葉に、ひとつの文章に、どれだけの思考と歴史があるかを考えていく。言葉は氷山の一角であって、その下には十分な時間と思考がなければダメなんだということを学んだ」

大学三年生になって、文芸評論家・秋山駿氏の主催する「戦後文学を読む勉強会」に参加。健康的すぎて作家らしくないと目立っていたという。勉強会の飲み会で言い出した「芝居でもやろうか」という提案が、二転三転して挫折。その姿を見た秋山氏が発した「口先だけだな、鈴木君は」という言葉に発奮し、シナリオセンターにも通い始めた。大学四年生になっていた。シナリオセンターでは、とにかく書きまくった。毎週必ず二十枚以上の作品を書き上げてきたのは鈴木氏だけだったという。

『リング』はシナリオセンターに通っていたころに書いたものです。週に一度、十人ほどが集まるゼミがあって、そこでみんなはシナリオを、僕は小説を朗読する。一回に原稿用紙二十枚〜三十枚分かな。芝居のように、反応がすぐに返ってくるから面白いんですよ。次はどうやって怖がらせようかと、毎週、頭を悩ませていました。（略）同時刻に違う場所で四人の人間が死んだら、その後はどう展開していくんだろうと思ったのが始まり。食中毒？　ウイルス？　じゃあ、そのウイルスに感染するとしたらどこで？」

行き先が自分でもわからぬまま、目の前の読者を怖がらせようと書き進めた『リング』。それぞまさに講談師がお客の反応を取り入れながら、目の前で怪談を練り上げていくかのように。だからこそ、臨場感溢れる作品として多くの人の心を震わす一級のホラー作品として大ヒットしたのだろう。

八九年『リング』で第十回横溝正史賞に応募、最終選考で落選。九〇年『楽園』が第二回日本ファンタジーノベル大賞優秀賞を受賞。いよいよ作家デビューとなった。しかしデビューしたものの『リング』は当初、あまり売れなかったという。初版本のデザインは、白地にＶＨＳが描かれたカバーだったと記憶しているが、書店でにぎわった記憶はない。九三年ごろが鈴木氏にとって金銭的に一番つらいころだったという。『光射す海』を一年かけて一生懸命書いたのに、入ってきた印税は数十万円。「これではやっていけねえな」と思ったそうだ。続編にあたる『らせん』の執筆には三年かかった。その大ヒット前年の九五年には、見逃せないホラー作品がもう一作ある。第２回日本ホラー小説大賞を受賞した瀬名秀明の『パラサイト・イヴ』だ。映像化もされ大ヒットし、ミトコンドリアという名称が世間をにぎわせた。そして時代はもうひとつの傑作『らせん』を見逃すことはなかった。

『らせん』は鈴木氏のビブリオグラフィを語る上で、重要な一冊だ。物語は『リング』の事件の直後から始まるものの、進化論を軸に、科学の領域を視野に入れて書かれた壮大な世界観のバイオホラー作品であり、また鈴木氏が探求し続けている〝生命とは何か、人間を含めた世界がどのようにして成り立っているのか〟というテーマが、本格的に探求されるようになった初めての作品でもあるからだ。「本当に怖いのは、愛する者を失うということだと思うんです。（略）単に怖がらせる、泣かせるというのは、意外に簡単なんです。でも、人を感動させるのはむずかしい。それも生きるエネルギーを与え、読み手に新しい変革を起こさせるようなことはとくに」と『ダ・ヴィンチ』インタビューで語っている。また「肉体から芽生えた小説には、確かな芯がある。小説は肉体で書くもの」と公言し始めたのもこのころ。『らせん』を書き上げる前に、修験道の修行に参加し、一日に二十五キロ、般若心経を唱えながら、原生林の中をほら貝の音を聞きながら歩いた。大自然の中で、時間の感覚も自他の境界も曖昧になるという神秘的な体験をしたという。

『らせん』のころ、大峰奥駈け修行に行ってバンと売れたからお祈り効果は絶大だと思うわけ。だからやらないとダメなんだよ。『ループ』では、天河弁財天にも行ったし、ラストシーンがひらめいたのは、箱根神社だった。『バースデイ』のときは、赤坂プリンスホテルで書いていることが多かったからか、豊川稲荷とか日枝神社とか。祈ることは大事だよ。神様が何かしてくれるわけじゃないけど、自分の願望をクリアにする、確認するという意味で」と『ダ・ヴィンチ』の取材で語っている。

　このあたりのアンビバレントなバランスが鈴木氏の面白いところだ。鈴木氏がよく語る、閃きは神から来ることがあるから、それを受け止めるために肉体のコンディションを最良に整えておくという話だ。ではその前提を成り立たせるための神って？と思うのだけど、そのあたりには言及されることはない。

　私は九七年、〝小説の舞台となった伝説の場所を訪ねる〟という『ダ・ヴィンチ』の企画で鈴木氏と天河弁財天を旅した。当時上梓された『生と死の幻想』という短篇集の中で、「無明」という作品がその舞台となっていた。アポを取った段階で、「え？

取材旅行？　うーん、今『ループ』の執筆中で……」と断りモードだったのだが、「天河に行きませんか？」と提案すると「天河！　よし、決まった、行こう！」と即断してくれた。当時、天河の宿は一般の人はなかなか予約できず、紹介者がいないと宿泊できない所だった。なんとか知り合いのつてを辿って人数分の宿泊予約をし、天河弁財天へ。取材は郷土史家にガイドをお願いし、〝気や波動の強い場所〟で手をかざしてみたり、〝空海が写っている橋〟の写真を見せられたりしながら、少々オカルティックな撮影&取材をした。実際、深い緑、豊かな水を蓄えた山に建つ神社の拝殿から眺める本殿は、神々しく圧倒的なパワーがあった。ここは字のごとく、天ノ川なのだと理由もなく思ったりもした。我々はひと通り取材を終え、夕食を食べながら、鈴木氏を囲んでよもやま話に花を咲かせていた。すると宿のおばさんが、私宛てに電話が入っているという。電話に出ると角川書店の鈴木氏の担当編集者、H氏だった。なんと今から宿に行ってもよいかと聞いてくる。紹介者しか泊まれない宿で、自分ではアポイントが取れなかったというのだ。おばさんに頼んでみたものの、首を縦に振ってくれない。そこで宿主が寝静まった真夜中近くに、H氏はこっそり侵入することに。翌朝、私がおばさんに怒られたことは言うまでもない。そもそもH氏は前日から奈良県入りしていたものの、肺炎がひどくなり、奈良市内の病院で点滴を打って入院していたという。それを押して合流しようとしたその無謀さ！　いろんな部分で強引すぎるぞ！　と思ったものの大ヒット作『リング』『らせん』の担当だけあって、根性が違うのだろうと思い直した。H氏が合流してからの話題はもっぱら当時執筆中の『ループ』についてだ。鈴木さんが「娘がお父さんの背中を見て育っていく物語」だと言えば、誰かが「息子が、にしたほうがいいんじゃないか」とか、鈴木さんが「人生は生きるに値するものなのか」と言えば、他の誰かが「そもそも人間とはいかなる生き物なのか」と話題は尽きなかった。この〝企画会議〟のあと、鈴木さんは「よし！　見えてきたぞ！」と嬉しそうにされていたことを思い出す。

「超能力やUFOの類はにわかには同意できないけれど、山にはやっぱり〝何かいるな〟と感じる」と言う鈴木氏は、翌朝、取材を終え、大峰奥駈修行の山の入り口（女人禁制と書かれている）で我々取材陣と別れた。山への同行者は弱っていた（はずの）H氏。H氏の体調を心配する私に鈴木氏はこう言い放った。

「いい根性してるだろ、俺の担当は。山の空気を吸えば治るよ。途中、こいつがダメになったら……」——置いていくのか、背負って帰ると言ったか、記憶が定かでない。

ところで、鈴木光司氏は慶應義塾大学文学部仏文科卒業だ。九〇年に作家デビューしたのだが、当時はポストモダン全盛の時代だった。私は八六年に鈴木氏と同大学同学部に入学。人間関係学科でポストモダンを人間科学の観点から学んだ。当時、一世を風靡した書物は『モダンの脱構築—産業社会のゆくえ』今田高俊著（八七年）であり、『ネットワーク組織論』今井賢一、金子郁容著（八八年）だった。また慶應義塾大学内の教育システム自体もポストモダンの発想が取り入れられ、従来の二元論的な思考からの脱却を求め、縦割り式学習システムでなく、社会学、文学、哲学、思想、経済、法律など、人間考察に必要な学問を横軸で学ぶシステムの実践がなされ始めていたころだ。私自身も学部を超えた授業を自由に受けることができたし、経済学部の学生が文学部のゼミを取っても卒業できた。鈴木氏は私よりも十年早いが、すでに大学にその気風はあった。氏はフランス文学だけに留まらず、哲学、思想を学び、卒業後はポストモダニズムにも注目していたのではないか。高度情報化社会の到来により、ひとつの古い価値観は終わり、多面的な世界に、世界の様相が書き換えられている中、勘のいい鈴木氏はいち早くそのパラダイムの変化に気づき、対応していたはずだ。氏が『ループ』の執筆活動、おもに科学的分野で強い示唆を与えてくれた本として、以下の六冊を『ダ・ヴィンチ』であげている。これらは学生時代に読んだ本も含まれているそうだ。

『論理と思想構造』沢田允茂
『新・進化論』ロバート・オークローズ、ジョージ・スタンチュー／著　渡辺政隆／訳

『カオス』ジェイムズ・グリック／著　上田睆亮（よしすけ）／監修　大貫昌子／訳
『「複雑系」とは何か』吉永良正
『人工生命というシステム』佐倉統、北野宏明
『不完全性定理』野崎昭弘
『われわれはなぜ死ぬのか』柳澤桂子

中でもこの時期に強く影響を受けた人物は、沢田允茂氏だという。氏は慶應義塾大学で哲学を教えていた。この先生に「現代哲学においては人間を理解するためには、科学もまた非常に有効な手段であると教えられた」という。『ループ』は、人間理解がテーマであるが、作品世界はホラーの枠組みに収まらず、素粒子物理学の世界、錬金術の世界にまで広がった。その危うさに気づいたであろう鈴木氏は、『ループ』を発表後、多くの人に惜しまれながら、自らホラーを封印する宣言をした。

けれど、人類にとって代わろうとする貞子の呪いはそう簡単には解けなかった——。

二〇〇八年、数学の定理や物理の法則が突然崩れてしまう恐怖を描いた『エッジ』を発表。折しも日本人三人がノーベル物理学賞を受賞したというニュースとほぼ同時期に作品を刊行している。科学者三人に共通しているテーマ〝対称性の破れ〟が『エッジ』のクライマックスとシンクロしていることは言うまでもない。

鈴木氏の時代を先取りする嗅覚(きゅうかく)はさらに加速する。映画『貞子3D』に合わせて書かれた本作『エス』は、善と悪をテーマに、男女の相補性を描いた作品だ。生命の多様性を守るために、男子よ、立ちあがれというメッセージをこめて書かれた作品なのだが、私にはその背後に不気味に微笑む貞子の姿が目に浮かんで離れない。なぜなら彼女は両性具有の完全な存在で、多様性を排除すべく誕生しているからだ。鈴木氏は、貞子に「書かされている」のではないか――。そう、氏はホラーに戻ってきたのだ。貞子を背負って。

超常的なものでも科学的なものでも、読者の関心を一瞬で引き付けるのは、その力強い文体と物語の構成力だろう。怪しいアイテムの使い方は非常に巧みだ。科学とオカルト、嘘と真実を危ういバランスで行きつ戻りつしながら、果敢にも、世界の謎や人間の謎という大きなテーマに迫っていく。マッチョに、ひたすらに。思えばデビュー当時から「小さな真実を積み重ねて、大きな嘘をつきたい」と鈴木氏は語っていた。『ダ・ヴィンチ』が最初に取材した記事にはこう書かれている。

「言葉で読者にエネルギーを与えられる、そんな作品を書き続けたい」

今も二十年近く前も同じ気持ちで作家活動を続けておられる鈴木光司氏。多くの読者の価値観、世界観、はたまた人生を変える小説を、これからも期待しています！

エス
鈴木光司（すずきこうじ）

角川ホラー文庫 17984

平成25年5月25日　初版発行
令和7年6月30日　16版発行

発行者――山下直久
発　行――株式会社KADOKAWA
〒102-8177　東京都千代田区富士見2-13-3
電話 0570-002-301（ナビダイヤル）
印刷所――株式会社KADOKAWA
製本所――株式会社KADOKAWA
装幀者――田島照久

本作は、2012年5月に小社より刊行された単行本を文庫化したものです。

ISBN978-4-04-100853-9 C0193

◆◇◇